Seltsame Weihnachten

Weihnachtsanthologie

Autorengruppe Schreibzeit

Beate Quilitzsch-Schuchmann (Hrsg.)

Über dieses Buch:

Warum verhält sich der Paketzusteller vor Weihnachten plötzlich so merkwürdig?

Was treiben die Ganoven auf dem Weihnachtsmarkt?

Weil ihr Mann spurlos verschwunden ist, steht eine Frau mit ihren Kindern vor Weihnachten plötzlich fast mittellos da.

Und fliegt das Christkind auch bis Afrika?

Die hochschwangere Aktivistin und ihr Freund aus dem Dannenröder Forst suchen eine Herberge. Eine Buchhandlung feiert Weihnachten wie jedes Jahr. Doch diese Feier ist anders, denn sie bringt Unerwartetes ans Licht.

Kurzum: Seltsame Weihnachten

Autorinnen und Autoren

Andrea Nesseldreher, Reimund Bender, Michael Krause-Blassl, Beate Quilitzsch-Schuchmann, Karin Rinn.

Seltsame Weihnachten

Weihnachtsanthologie

Autorengruppe Schreibzeit

Beate Quilitzsch-Schuchmann (Hrsg.)

Bibliografische Information der Deutschen Nationalbibliothek

Die Deutsche Nationalbibliothek verzeichnet diese Publikation in der Deutschen National-bibliografie; detaillierte bibliografische Daten sind im Internet über dnb.dnb.de abrufbar.

Herstellung und Verlag:
BoD – Books on Demand, Norderstedt
Umschlaggestaltung: Andrea Nesseldreher, Graphik:
Joscha Bender, Foto: Beate Quilitzsch-Schuchmann

ISBN 9783756860272

Inhaltsverzeichnis

Die Autorengruppe Schreibzeit

Die Autorengruppe Schreibzeit – das sind fünf Frauen und Männer, die nichts lieber tun als schreiben und lesen, weil es für sie eine Herzensangelegenheit ist. Seit Anfang 2020 treffen sie sich regelmäßig in Braunfels oder virtuell, um individuelle Geschichten auszutauschen und gemeinsame zu entwickeln.

Die gemeinsame Weihnachtsanthologie ist ein Experiment. Jedes Gruppenmitglied hat den Anfang einer Geschichte geschrieben und anschließend weitergereicht. Reihum wurde der Faden weitergesponnen und die letzte Person in der Kette schuf das Finale.

Herausgekommen sind sieben unterschiedliche Geschichten – spannend – humorvoll – kritisch – nachdenklich – anrührend, in die die Phantasie aller Gruppenmitglieder eingeflossen ist.

Wir wünschen viel Freude beim Lesen und Vorlesen dieser etwas ungewöhnlichen Weihnachtsanthologie!

1 Weihnachtliche Tauschgeschäfte

„Überstunden, nichts als Überstunden!", dachte Lucas, der Paketbote und stapelte die letzte Reihe Kartons in den Lieferwagen. Bis zur Decke war er vollgepackt mit Päckchen und Paketen.
Heute würde er wieder eine zweite Runde fahren müssen, um alles auszuliefern. So ging das schon seit Tagen. Selbst heute am Heiligabend musste er noch die kurzfristig im Internet bestellten Weihnachtsgeschenke unter die Leute bringen.

„Von wegen Fest der Liebe", dachte Lucas. „Fest des Kommerzes würde es eher treffen." Kurz nach Weihnachten würden dann alle Geschenke, die nicht gefielen – und das waren nicht wenige - wieder zurückgeschickt. Auch das bedeutete wieder Überstunden, nichts als Überstunden.

Und warum das alles? Weil sich die Menschen nicht genügend Gedanken über diejenigen machten, denen sie eine Freude bereiten wollten. Lieblos und unüberlegt wurden ebenso banale wie absurde Kleinode verschenkt: Messe-Neuheiten, die niemand brauchte, Spiegel-Bestseller, die sowieso schon jeder kannte und DVDs, die im Regal verstaubten, während sich ihre Besitzer des neuen Netflix-Abos erfreuten. Kaum jemand schien mehr das Gespür für ein wirklich gutes und passendes Geschenk zu haben. Die Verlegenheitsgeschenke seiner Mutter und seiner Schwester waren jedenfalls kaum origineller als die Trophäen, die er seit dem letzten Schrottwichteln sein eigen nennen durfte. Für viele war dieses Überreichen eines möglichst skurrilen Geschenks an eine zufällige Person aus dem Kreis der Kollegen, Kegelbrüder oder Mannschaftskameraden eine elegante Gelegenheit, Geschenke aus dem eigenen Absurditäten-Kabinett wieder in den Kreislauf des Unnützen zurückzuführen.

Irgendwann kam ihm eine Idee. Wenn sogar die Geschenke, die jemand ausgesucht hatte, dem Geschmack des Empfängers nicht entsprachen, warum sollte man dann nicht beim Paketversand Gevatter Zufall ins Spiel bringen? Es konnte ja eigentlich nur besser werden. Er überlegte sich, was passieren würde, wenn er die Pakete, in denen er Geschenke vermutete, einfach vertauschte?

Viele Pakete trugen den Absender eines großen Internethändlers. Um diese Zeit des Jahres durfte man getrost davon ausgehen, dass es sich bei den meisten um Weihnachtsgeschenke handelte. Das Gleiche galt für Pakete, die mit Weihnachtsmännern, Engeln und Tannenbäumen verziert waren. Lucas beschloss, für ein bisschen Überraschung und Trubel zu sorgen.

Bevor er weitere Sendungen auslieferte, hielt er auf einem Parkplatz an, kletterte in den Laderaum und nahm sich einige Päckchen und Pakete vor. Sorgfältig löste er den Aufkleber auf einem besonders großen Paket ab und klebte ihn auf ein kleines Päckchen.

Dessen Etikett klebte er auf einen dicken Umschlag, der mit Glitzersternen verziert war und den Adressaufkleber mit den Sternchen wiederum auf den großen Karton. Er überlegte, was er da wohl vertauscht hatte. Einen Kalender im kleinen Umschlag, eine Haushaltsmaschine im großen Karton und ein selbst gestrickter Pullover im Päckchen? Er wusste es nicht und vermutlich würde er es nie erfahren.

Weil er nicht in die Päckchen und Pakete hineinschauen konnte, musste er auf seinen Instinkt vertrauen. So machte er das mit etwa 20 Sendungen. Die Kunden, die Lucas gut kannte und von denen er wusste, dass sie in sehr einfachen Verhältnissen lebten, bekamen große Pakete. Diese Menschen würden sich bestimmt nicht beschweren. Vielleicht konnte er ja so auch diesem gierigen Versandkraken einen reinwürgen!

Von Haustür zu Haustür verteilte er seine Pakete. In der Schillerstraße 5, im vierten Stock bei Erna Habermann gab er eines der vertauschten Päckchen ab. Er schmunzelte: „Ein Päckchen für Sie, bestimmt zu Weihnachten!"

„Für mich? Warten Sie, Herr Lucas!" Schnell ging Erna in die Küche und fischte 10 Euro aus ihrem Portemonnaie. „Hier, für Sie! Frohes Fest!" Dem netten Postboten gab sie zur Weihnachtszeit immer gern ein Trinkgeld. Schon seit vielen Jahren verteilte er in der Siedlung, in der Erna wohnte, die Post.

„Besten Dank! Viel Spaß mit dem Geschenk, hoffe es gefällt! Vielleicht komme ich noch einmal vorbei, um zu hören, was drin war!", rief Lucas und lief im Laufschritt die Treppe hinunter.

Erna freute sich. Ein Päckchen! Seit ihr Herbert von ihr gegangen war, bekam sie nur noch von ihrer Tochter Gabriele ein Weihnachtspäckchen. Sie vermutete zwar, dass Gabriele ihr - wie jedes Jahr - ihr Lieblingsparfüm schenken würde, weil sie wusste, dass ihre Mutter es sich von ihrer kleinen Witwenrente kaum leisten konnte, aber sie freute sich dennoch. Das Päckchen war dieses Mal deutlich größer als sonst, vielleicht gab es doch eine Überraschung. Sie legte es vorsichtig im Wohnzimmer zu der kleinen Nordmanntanne, die sie schon geschmückt hatte, schließlich war heute Heiligabend.

Am Vormittag hatte sie frische Matjesheringe besorgt und sich einen leckeren Kartoffelsalat zubereitet. All ihre Geschenke hatte sie unter die Tanne gelegt: den neuen Kalender mit den guten Rezepten von ihrem Metzger, die entspannende Beinwell-Creme von der Apotheke und den roten Lippenstift von ihrer Friseurin. Das Päckchen arrangierte sie in der Mitte. Eine kleine Gebäckschale mit Gewürzspekulatius und Vanille-Kipferln machte das Ensemble perfekt. Obwohl es noch nicht dunkel war, zündete sie die kleine Lichterkette an. Aus dem Radio trällerte dieses englische Lied, das ihr so gut gefiel: Last Christmas...

Ihre Tochter hatte ihr das aufgeschrieben und übersetzt.

Jetzt wurde sie aber neugierig! Zum Glück musste sie nicht bis zur Bescherung warten wie die kleinen Kinder, sondern konnte selbst entscheiden, wann sie die Geschenke auspackte. Mit flinken Fingern öffnete sie das Päckchen. Als Erstes segelte ein weißer Umschlag heraus. Vermutlich die Weihnachtskarte von Gabriele. Die konnte sie später lesen. Vorsichtig löste sie die rote Schleife vom grünen Geschenkpapier und zum Vorschein kam: eine knallrote Lacklederjacke! Das war ja nicht zu glauben! Ihre Tochter schenkte ihr eine rote Lederjacke? Das passte gar nicht zu ihrer vernünftigen Gabriele.

Erna probierte die Jacke an. Sie saß tadellos, nur über der Brust war sie ein bisschen eng. Das war egal. Man brauchte ja nicht unbedingt alle diese Reißverschlüsse zuzumachen. Aber über ihrem festlichen Rock kam die Jacke einfach nicht zur Geltung. Erna ging ins Schlafzimmer und öffnete die Schrankseite von ihrem Herbert. Wenn du wüsstest, dachte sie und nahm eine Jeans von ihrem Mann in die Hand. In der Taille war die Hose etwas weit. Das ließ sich mit einem Gürtel lösen. Die Hosenbeine waren zu lang, deshalb schlug sie sie zweimal um. Die Spitzenbluse blieb. Nun noch die Jacke drüber!

Sie schaute in den Spiegel und war entzückt. So verwegen hatte sie nicht mehr ausgesehen, seit sie mit Herbert vor sechzig Jahren mit dem VW-Käfer über den Brenner nach Italien gefahren war. Sie fühlte sich phantastisch. Als sie wieder ins Wohnzimmer ging, fiel ihr Blick auf den Lippenstift. Der passte jetzt perfekt. Mit geschminkten Lippen schaute sie noch einmal in den Spiegel. Schick sah sie aus! Wenn sie nur so ein Telefon hätte, mit dem man Fotos machen konnte. So ein Handy! Sie hätte Gabriele gleich ein Bild mit ihrem Weihnachtsgeschenk geschickt. Na ja, vielleicht war das ein Geschenk für das nächste Jahr.

Sie setzte sich an den Tisch, ganz allein, aber weiterhin mit diesem Gefühl von Freiheit und Verwegenheit, das sie seit so langer Zeit endlich mal wieder spürte. Hunger hatte sie, wie schon lange nicht mehr, das gehörte wohl zu den zurückgekehrten jungen Gefühlen dazu.

Sie hatte sich einen Kaffee zu ihrem Heiligabend-Essen gekocht, und jetzt saß sie da und aß Matjes mit Kartoffelsalat und trank Kaffee, und fühlte sich wie eine Königin. Oder wie eine Rockerbraut.

„Ja, guck nur, Herbert", sagte sie zu seinem Portrait, das neben der Kredenz an der Wand hing. „Stimmt's, dir gefällt das auch. Du würdest es nicht zugeben, aber ich weiß es." Sie hob die Kaffeetasse und prostete ihrem verblichenen Mann zu.

Was sollte sie nun mit dem Rest des Tages anfangen? Eine Frau mit diesem Aussehen konnte ja schlecht auf der Couch sitzen und Fernsehen gucken, die Jacke musste ausgeführt werden, sie sollte sich sehen lassen.

Erna beschloss, in den Stadtpark zu gehen. Schnell nahm sie ihre Handtasche, die besonders geräumige, stellte vorsichtig das gut verpackte Stück Cremetorte hinein, das sie sich am Morgen gekauft hatte, und - das musste ja wohl erlaubt sein! - eine kleine Flasche Eierlikör aus dem Kühlschrank. Hinaus, ohne Mantel, nur mit der roten Jacke - von wegen Winteranfang, das hier war so was wie ein Spätsommer- oder Frühlingstag -, die Wohnungstür sorgfältig hinter sich zugezogen, die Treppe hinunter, aus der Haustür hinaus. Rasch über die Straße, da war gleich der hintere Eingang zum Stadtpark. Erst würde sie ein wenig flanieren, sich dann eine schöne Bank suchen, Kuchen und Eierlikör auspacken und dort diesen prächtigen Tag feiern.

Auf dem Weg traf sie Lucas, den Postboten, wieder. Obwohl Heiligabend war, es bereits auf den Nachmittag zuging und er immer noch im Dienst war, sah er irgendwie fröhlich aus. Er musterte die alte Dame mit der Rockerjacke und plötzlich dämmerte ihm, wen er da vor sich hatte. Erna wurde rot wie der Stadtbus, der gerade vorbeifuhr. Es dauerte eine Weile, bis sie ihre Sprache wiederfand.

„Herrgott, Sie sind ja immer noch unterwegs." Auch wenn sie fast ein neuer Mensch geworden war, ihre Anteilnahme anderen gegenüber hatte sie nicht abgelegt. Und den freundlichen Postboten, der stets in Eile war und ihr deshalb manchmal ein wenig leidtat, hatte sie schon immer gemocht.

„Schauen Sie mal, diese Jacke war in meinem Paket drin. Ist sie nicht großartig? Meine Tochter hat sie mir geschenkt, das war vielleicht eine Überraschung!"

Lucas lächelte wissend. Offenbar war sein Plan aufgegangen.

„Uff, nur noch dieses eine Paket, dann habe ich Pause. Hoffentlich hat der diesjährige Geschenkemarathon bald ein Ende." Lucas hielt in der Hand ein winziges Päckchen, auf das viele Sterne geklebt waren. Und wenn Erna sich nicht täuschte, lag ein Duft nach Rosen und Maiglöckchen in der Luft. Sie stutzte. Genau so roch ihr Lieblingsparfüm, das sie sonst zu Weihnachten von ihrer Tochter bekam.

„Wo soll das schöne Geschenk denn hingebracht werden?"

Lucas schaute sie belustigt an. „Zu Kai Unterbusch."

Erna sah zunächst ihn und dann das Paket in seinen Händen an. „Herr Unterbusch...", weiter kam sie nicht.

„Ja?" Der Postbote stand auf der graugepflasterten Straße und wartete, dass sie ihren Satz beendete.

„Der Unterbusch kann...." Wieder hörte sie mitten im Satz auf. Auch wenn Lucas der geduldigste Mensch der Welt war, er hatte nicht mehr viel Zeit heute. Erna spürte, dass sie endlich sagen musste, was der Postbote nicht wissen konnte. „Kai Unterbusch kann unmöglich der Empfänger dieses Päckchens sein."

Lucas wurde heiß. Was wusste Erna Habermann? Flog seine Geschenketauschaktion etwa auf?

„Warum sollte er nicht der Empfänger dieses Paketes sein?"

„Nun ja, er ist hier in unserer Gegend als harter Rockerkönig bekannt... Und morbide Lederkluft, Motorradgeknatter und Maiglöckchenduft? Wie soll das passen?"

Lucas atmete erleichtert auf. Offenbar ahnte sie doch nichts, sondern wunderte sich nur über das ungewöhnliche Präsent für Herrn Unterbusch.

„Ach", sagte Lucas leichthin. „Heutzutage machen sich die Menschen ja kaum noch Gedanken über passende Geschenke. Wer weiß, von wem das Päckchen ist? Offenbar kennt derjenige Herrn Unterbusch nicht besonders gut."

Ernas Interesse war jetzt aber geweckt. Der Sache würde sie auf den Grund gehen. „Soll ich Ihnen vielleicht ein wenig Arbeit abnehmen und das Geschenk bei Herrn Unterbusch vorbeibringen?", schlug sie vor. Lucas lächelte: „Das würden Sie tun? Das wäre mir eine große Erleichterung." Er überreichte Erna das Päckchen. „Danke!"

Sie schnupperte noch einmal daran. Kein Zweifel, das war „Eau de Printemps", ihr Lieblingsparfüm. Sie setzte sich energischen Schrittes in Richtung ihres Hauses in Bewegung. Die Torte musste warten. Schon im Losgehen rief sie dem Postboten noch zu; „Und übrigens: Schöne Weihnachten für Sie und Ihre Familie." Fast bekam sie nicht mehr mit, dass Lucas ihr ebenfalls mit „Fröhliche Weihnachten!" einen letzten Weihnachtsgruß hinterher schmetterte.

Kai Unterbusch wohnte im Erdgeschoss ihres Hauses. An der Haustür wies ein Schild mit der Aufschrift „Bikeparking only" dezent darauf hin, dass hier ein Motorradfreak wohnte. Erna klingelte und erst nach dem dritten Klingeln wurde ihr geöffnet. Kai Unterbusch wirkte unausgeschlafen und nicht gerade fröhlich. Sein Dreitage-Bart – oder war es eher ein Siebentage-Bart? – verstärkte seinen mürrischen Gesichtsausdruck.

„Was gibt´s?", blökte er.

„Post für Sie!", flötete Erna. „Ich habe ein Päckchen für Sie angenommen." Sie überreichte es ihm. Skeptisch nahm er es in die Hand und schnupperte daran.

„Was soll das sein? Das stinkt ja wie die Pest!" Angewidert riss er das Päckchen auf und genau wie Erna vermutet hatte, kam eine mit Blümchen verzierte Pappschachtel zum Vorschein. Kai Unterbusch zerrte einen Parfümflakon ans Tageslicht.

„Weiberkram! Wer schickt mir so was?", beschwerte er sich.

„Eau de Printemps! Ich wusste es!", jubelte Erna.

Verständnislos sah Kai Unterbusch sie an.

„Ist das für Sie?", fragte er.

„Nun, also ehrlich gesagt weiß ich das nicht so genau." Erna war in der Zwischenzeit ein leiser Verdacht gekommen, dass Lucas, der Postbote, etwas mit der Verwechslung der Pakete mit dem Parfüm und der roten Jacke zu tun haben könnte.

„Was soll ich damit? Das muss eine Fehllieferung sein. Ich warte auf ein ganz anderes Päckchen mit meinem neuen Motorradhelm, aber das Paket kommt und kommt nicht. Wahrscheinlich ist es irgendwo verloren gegangen. War eine Spezialanfertigung aus den USA, so ein verdammter Mist!"

„Tja, so ist das heutzutage! Mit der Zuverlässigkeit der Post ist es nicht mehr weit her", murmelte Erna und verabschiedete sich hastig von Herrn Unterbusch. So schnell es ging, stieg sie die Treppen zu ihrer Wohnung hinauf. Im Wohnzimmer angekommen riss sie den weißen Umschlag auf, den sie eben hatte zu Boden fallen lassen. Darin war keineswegs die Weihnachtskarte ihrer Tochter, sondern eine Rechnung für die rote Jacke.

„478 Euro!" Erna schlug erschrocken die Hand vor den Mund. So ein teures Kleidungsstück hatte sie noch nie in der Hand gehabt, geschweige denn besessen. Nicht einmal ihr Hochzeitskleid war so teuer gewesen, Herbert und sie hatten schon immer sparen müssen. Adressiert war die Rechnung an Patrizia Gerber. Erna überlegte einen Augenblick, dann fiel es ihr ein. Patrizia war vor ein paar Monaten in den zweiten Stock eingezogen. Eine junge Frau, kaum 30

Jahre alt, dunkelhaarig, gut aussehend, immer topmodisch gekleidet. Sie hatten sich ein- oder zweimal im Treppenhaus unterhalten und Erna erinnerte sich, dass sie auf einer Bank arbeitete. Sie konnte sich Patrizia gut mit der roten Jacke hinter dem Schalter vorstellen.

Aber konnte das ein Zufall sein, dass Patrizia Gerber die Jacke bestellt hatte und sie nun bei ihr gelandet war? Und gleichzeitig bekam Herr Unterbusch ein Päckchen mit dem Parfüm, das eigentlich ihr hätte gehören sollen?

Kurz entschlossen verließ Erna die Wohnung wieder und klingelte bei Frau Gerber. Erst als nach mehrmaligem Läuten niemand öffnete, fiel ihr der Zettel auf, der an der Tür klebte. „Bin im Garten", stand da. Erna ging in den Garten und als sie die junge Frau zwischen zwei Bäumen entdeckte, musste sie schmunzeln. Patrizia Gerber hatte ein Gummiband zwischen den Baumstämmen aufgespannt und hüpfte emsig verschiedene Figuren.

Gummitwist, das hatte ihre Tochter als Mädchen mit den Nachbarskindern häufig gespielt, Erna erinnerte sich noch gut daran, dass die Übungen immer schwieriger geworden waren. Patrizia machte das offensichtlich auch nicht zum ersten Mal, denn sie stellte sich sehr geschickt an.

„Das können Sie richtig gut!", rief Erna ihr zu.

Erschrocken drehte sich Patrizia herum und starrte Erna dann verblüfft an. Mit ausgestrecktem Finger deutete sie auf die Jacke. „Sie haben ja genau die gleiche Jacke wie ich. Also, das heißt, ich habe sie noch nicht, aber ich habe sie bestellt und warte auf das Paket. Es müsste jeden Tag kommen. Die Jacke ist mein Weihnachtsgeschenk an mich selbst. Seit mein Freund sich von mir getrennt hat, bekomme ich von niemandem mehr Geschenke."

Sie machte eine kurze Pause und lächelte. „Wobei – offenbar hat doch jemand an mich gedacht und mir dieses Gummitwist-Set geschenkt." Sie hob einen kleinen Pappkarton hoch, der neben dem Seil auch noch ein Büchlein mit Spielvorschlägen enthielt.

„Ich habe mich riesig gefreut, denn ich habe Gummitwist als Kind geliebt und bekam sofort Lust, wieder damit anzufangen." Sie kicherte wie ein junges Mädchen. „Albern, nicht wahr?"

Während sie redete, ratterte es in Ernas Kopf. Die rote Jacke, die Patrizia bestellt hatte, war nicht angekommen, stattdessen hatte sie Gummitwist-Bänder bekommen und die Jacke war bei ihr gelandet. Ihr eigenes Parfüm war zu Herrn Unterbusch geliefert worden, der wiederum auf seinen Motorradhelm wartete. Da musste es einen Zusammenhang geben.

Wie auf ein Stichwort brauste die kleine Luisa, ein 11-jähriges Mädchen, das mit seinen Eltern im 3. Stock wohnte, auf ihrem Fahrrad um die Ecke. Auf dem Kopf trug sie einen schwarzen Helm mit Flammenmotiven an den Seiten und einem Tiger am Hinterkopf. Das Visier war dunkel getönt und über der Stirn stand „*Tiger on wheels*".

„Juhu, Tante Erna!", rief sie schon von weitem. „Guck mal, was ich zu Weihnachten bekommen habe: Den coolsten Fahrradhelm aller Zeiten!"

Da war er also, der rockige Motorradhelm, auf den Kai Unterbusch so sehnsüchtig wartete.

Luisa plapperte weiter. „Der ist bestimmt von meiner Patentante, die schenkt mir immer so tolle Sachen. Er ist nur ein bisschen groß." Luisa drehte eine Runde auf dem Hof und bremste scharf vor Erna und Patrizia. „Mit dem Helm kann ich viel schneller fahren, der schützt mich richtig gut!" Das Mädchen strahlte. Dann sah sie Patrizias Gummitwist-Bänder und sprang vom Rad.

„Darf ich auch mal?"

„Klar!", sagte Patrizia und gemeinsam begannen sie zu hüpfen. Wenn Ernas Arthrose im Knie nicht gewesen wäre, dann hätte sie glatt auch damit angefangen. Es lag auf der Hand, dass das Gummitwist-Set wohl eigentlich unter Luisas Tannenbaum hätte liegen sollen.

Da öffnete sich die Terrassentür von Kai Unterbusch und er trat heraus. Er trug seine Lederjacke und die Kutte mit den vielen gruseligen Aufnähern und sah bedrohlich aus. Vermutlich würde er Luisa gleich den Kopf mitsamt Helm abreißen, wenn er bemerkte, dass sie das gute Stück auf selbigem trug. Aber entgegen allen Erwartungen näherte er sich vorsichtig der hüpfenden Patrizia und hatte offensichtlich nur Augen für sie. Als sie eine kurze Hüpfpause einlegte, räusperte er sich geräuschvoll und säuselte dann mit einer Stimme, die man ihm keinesfalls zugetraut hätte; „Fräulein Patrizia, darf ich Ihnen eine Kleinigkeit zu Weihnachten überreichen? Heute, am Fest der Liebe, soll man doch netten Menschen eine Freude machen und da Sie mir sehr am Herzen liegen, habe ich dies kleine Präsent für Sie besorgt." Mit einer ungelenken Bewegung überreichte er Patrizia eine mit Blumen verzierte Schachtel. Erna erkannte ihr „Eau de Printemps" sofort und musste ein Kichern unterdrücken.

Patrizia strahlte Kai an und bedankte sich überschwänglich. „Ach, mein lieber Herr Nachbar, das wäre doch nicht nötig gewesen. Aber ich freue mich natürlich sehr, was für eine wunderbare Überraschung."

„Gern geschehen, gern geschehen! Und wenn ich vielleicht auch noch so frei sein dürfte, Sie einmal zum Essen oder ins Kino einzuladen?"

„Natürlich! Liebend gern, Kai! Ich darf doch Kai sagen?"

„Selbstverständlich!", säuselte der Rocker.

Erna gluckste kaum hörbar in sich hinein. Daher wehte also der Wind, der Unterbusch wandelte auf Freiersfüßen und verschenkte doch glatt ihr Parfüm an die hübsche Nachbarin. Kaum zu glauben, was das Weihnachtsfest mit den Menschen anstellte. Denselben Gedanken schien auch Patrizia zu haben.

„Ist es nicht wunderbar, welche Freude ein liebevoll ausgesuchtes Geschenk bereiten kann? Ich hab mich über die Gummi-Bänder gefreut wie eine Schneekönigin! Und schau dir nur Luisa an, die ist vollkommen hin und weg vor Freude über den tollen Helm, den sie geschenkt bekommen hat."

Erst jetzt bemerkte Kai Unterbusch Luisa und ihren ungewöhnlichen Kopfschmuck. Sein Kiefer klappte auf, dann wieder zu, aber er sagte nichts. Sicher wollte er seinen neu gewonnenen Kredit bei Patrizia nicht gleich verspielen, indem er ein kleines Mädchen anpflaumte, das nicht einmal etwas dafür konnte, dass es versehentlich ein falsches Paket bekommen hatte.

Nein, Luisa konnte nichts dafür. Keiner konnte etwas dafür. Oder doch? Ob Erna mit ihrem Verdacht recht hatte, dass Lucas, der freundliche Postbote, etwas damit zu tun hatte?

Erna eilte vom Hof vor das Haus und blickte die Straße entlang. Tatsächlich, am Ende der Straße stand das gelbe Postauto und sie konnte sehen, wie Lucas einen Stapel Pakete in ein Haus trug. Schnell rief sie Luisa zu sich. „Luisa, sause mit deinem Rad zu Lucas, dem Postboten, und bitte ihn, einmal zu uns zu kommen." Luisa nickte. „Das mache ich gern. Ich mag den Lucas. Immer wenn wir ein Päckchen bekommen, kriege ich von ihm einen Lutscher. Wir können ihm alle noch Frohe Weihnachten wünschen."

Luisa sauste los und nach ein paar Minuten war sie wieder da. Hinter ihr ging Lucas mit gesenktem Kopf. Es war ihm anzusehen, dass er wusste, um was es ging. Erna beschloss, nicht lange um den heißen Brei herumzureden.

„Lucas, wir haben gerade festgestellt, dass all unsere Weihnachtspakete irgendwie vertauscht worden sind. Kann es sein, dass Sie etwas falsch gemacht haben?", begann sie.

Lucas versuchte gar nicht erst, sich herauszureden. „Es ist tatsächlich meine Schuld. Ich habe absichtlich Ihre Päckchen vertauscht, weil ich es so schrecklich finde, wenn Menschen an Weihnachten Geschenke bekommen, die sie gar nicht mögen. Ich dachte, ein unvermutetes Geschenk könnte für ein wenig Heiterkeit und Freude sorgen. Aber offenbar ist das nicht so. Es tut mir leid, wenn ich Sie verärgert habe." Er sah betreten zu Boden und bemerkte so gar nicht, dass die drei Erwachsenen ihn anlächelten.

„Aber Sie haben uns nicht verärgert. Im Gegenteil. Jeder von uns hat etwas viel Passenderes bekommen, als das, was eigentlich für ihn bestimmt gewesen wäre. Ich hätte mir nie eine solche rote Jacke gekauft", erklärte Erna.

„Die Jacke war eigentlich für mich, aber Frau Habermann kann sie gerne behalten", sagte Patrizia. „Ich brauche sie nicht mehr. Ich habe sie nur bestellt, um Herrn Unterbusch.... Kai...." Sie schenkte ihm einen verliebten Blick. „...auf mich aufmerksam zu machen. Aber offenbar hat er mich schon bemerkt und mir ein wunderbares Geschenk gemacht." Patrizia schnupperte am Parfüm. „Dieses Parfüm wäre eigentlich für mich gewesen", sagte Erna, „aber ich bin inzwischen zu alt für diesen süßen Duft. Es ist bei Patrizia viel besser aufgehoben. Unter uns gesagt: Ich finde, Sie haben da eine richtig gute Idee gehabt. Ich glaube, durch Ihren Schabernack gibt es in diesem Jahr mehr Menschen als sonst, die sich über ihre Geschenke freuen."

Kai Unterbusch räusperte sich. „Dann habe ich ja irgendwie auch davon profitiert. Ich fand Patrizia schon immer nett und wollte ihr gern etwas zu Weihnachten schenken, hatte aber keine Idee. Da kam mir dieses Parfüm gerade recht." Er legte Patrizia vertrauensvoll die Hand auf die Schulter. „Und jetzt, wo sie sogar mit mir essen gehen möchte, ist es mir auch egal, dass die Göre da meinen Helm bekommen hat. Soll sie ihn behalten."

„Jippieh! Danke!", rief Luisa, die aufmerksam zugehört hatte. „Dann wären die Gummitwist-Bänder eigentlich für mich gewesen?", fragte sie. Lucas nickte. Luisa blickte von einem zum anderen. „Aber wisst ihr, was das Gute beim Gummitwist ist? Man kann es gemeinsam spielen! Los, kommt!"

Die Männer sahen sich fragend an, doch sie konnten Luisa ihren Wunsch nicht abschlagen. Während Kai und Patrizia gegen Lucas und Luisa antraten und sich mit den tollsten Hüpffiguren überboten, setzte Erna sich auf die Bank im Hof, sah den vieren zu und wippte mit dem Fuß.

2 Das ganz besondere Weihnachts- geschenk

Das ist ja gerade noch mal gut gegangen, dachte Lucas, als er sich nach der kurzen Hüpfaktion von den vier fröhlichen Menschen hastig verabschiedet hatte. Alle waren zufrieden und glücklich mit ihren Geschenken und manche, zunächst verwirrte Empfänger waren sich sogar nähergekommen. Lucas lächelte zufrieden. Er war sogar ein wenig stolz auf den nicht beabsichtigten Beitrag, den er durch seine Tauschaktion geleistet hatte. Und weil das bislang so gut gelaufen war, beschloss er kurzerhand, wenn auch mit klopfendem Herzen, weiterzumachen. Wer weiß, wie vielen Menschen ich heute noch eine besondere Bescherung frei ins Haus liefere, dachte Lucas, während er auf seine Armbanduhr schaute. Heute am 24.12., dem Tag, an dem alle Geschenke, egal ob vertauscht oder nicht, von Kindern oder Erwachsenen ausgepackt werden würden. Er musste sich sputen, denn er musste noch eine letzte Tour fahren und Pakete verteilen. Von vielen Kunden wurde er schon sehnsüchtig erwartet. Weil Weihnachten war und Lucas als Postbote in seinem Bezirk beliebt war, wurde ihm an vielen Haustüren Trinkgeld zugesteckt. Das nahm er mit schlechtem Gewissen an, denn sonst wäre vielleicht aufgefallen, dass etwas nicht stimmte. Die allein lebenden Menschen freuten sich sehr über die Geschenke, wenn sie sich auch nicht erklären konnten, wer ausgerechnet ihnen etwas geschickt hatte. Ihre Freude übertrug sich auf ihn.

´Schade, dass ich heute nicht mithilfe einer Tarnkappe bei den Bescherungen dabei sein kann´, dachte Lucas.

Am Ende seiner Tour war es schon dunkel. Als Lucas nach Hause kam, lag ein Päckchen vor seiner Wohnungstür. Merkwürdig, er hatte doch gar nichts bestellt. Hatte da etwa jemand die gleiche Idee gehabt wie er?

Hastig riss er das Päckchen auf und ein Buch fiel ihm in die Hände: Die Abenteuer des Robin Hood. Was sollte das denn? War das etwa eine Anspielung auf seine Umverteilungsaktion? Er musste laut lachen.

Als er sich beruhigt hatte, klappte er das in Leder gebundene Buch auf. Heraus fiel eine Weihnachtskarte. Er hob sie auf und las mit klopfendem Herzen den Text auf der Rückseite.

Lieber Postbote. Ich weiß, dass Sie gerade in den letzten Tagen sehr viel Stress hatten. Daher sehe ich Ihnen die wahrscheinlich unbeabsichtigte Verwechslung in der Zustellung meines Weihnachtsgeschenkes von meiner verhassten Schwester aus Übersee gerne nach. Sie glauben gar nicht, was für eine unglaubliche Freude mir das Päckchen bereitet hat, das Sie versehentlich bei mir abgeliefert haben. Seit Jahren ärgere ich mich über die perfide Boshaftigkeit der unnützen Geschenke, die ich pünktlich zu Weihnachten von meiner Schwester geschickt bekomme. Mit dem Bernsteinamulett, das ich in meinem Päckchen gefunden habe, haben Sie mir einen seit Jahren gehegten Wunsch erfüllt. Dafür danke ich Ihnen von ganzem Herzen.

Liebe Grüße von einer Rentnerin

PS: Ich habe meinen Freundinnen aus der Siedlung von meinem Überraschungsgeschenk erzählt. Alle haben auf eigenartige Weise wissend gelächelt.

Lucas überlegte, wo er die seltsame Weihnachtskarte am besten vor seiner Frau verstecken konnte. Sie durfte sie auf keinen Fall zu Gesicht bekommen. Angelika war immer sehr darauf bedacht, sich an alle Regeln zu halten. Keinesfalls hätte sie seine Aktion gutgeheißen und ihm am Ende noch dienstlichen Ärger gemacht. Gerade als er die Wohnung rasch verlassen wollte, um die Karte in kleine Fetzen zu zerreißen und in der Altpapiertonne zu verstecken, betrat seine Frau den Flur.

„Ach Schatz, da bist du ja endlich. Wir warten schon auf dich. Die Kinder sind völlig aus dem Häuschen. So viele Pakete haben noch nie unter dem Weihnachtsbaum gelegen. Ich war gerade oben bei Clara im Kinderzimmer, als es unten an der Tür klingelte. Als ich unten aufmachte, lag da ein großer Stapel Geschenke vor der Tür. Sag mal, hast du die vielleicht alle online bestellt?"

„Äh, ich, nein, wie kommst du denn darauf? Da hätten wir doch drüber gesprochen, wie wir über alles sprechen." Lucas hatte es gerade noch geschafft, die Weihnachtskarte hinter seinem Rücken zu verstecken. Sein Gesicht glühte vor Aufregung.

„Sag mal, geht es dir nicht gut? Du bist ganz rot im Gesicht." Seine Frau sah ihn mit besorgtem Blick an.

„Nein, nein, alles gut. Ich habe mich nur so abgehetzt, um rechtzeitig bei Euch zu sein", log er, weil ihm auf die Schnelle keine bessere Ausrede einfiel.

„Dann komm erst mal rein. Kannst dich ja noch ein paar Minuten ausruhen. So lange kann ich die Kids noch ruhig halten. Ich muss ohnehin noch die ganzen Päckchen sortieren. Wie ich Sina kenne, hat sie bestimmt schon alle schön säuberlich unter dem Baum drapiert."

„Ist gut, ich zieh mich nur rasch um, mach mich ein wenig frisch und komme dann zu Euch."

Lucas wollte sich in dem engen Flur an seiner Frau vorbeidrücken, als diese bemerkte, dass er mit einer Hand hinter seinem Rücken etwas vor ihr versteckte.

„Was hast du denn da, was ich nicht sehen soll?", fragte sie mit einem verschmitzten Lächeln und versuchte, nach seiner Hand zu greifen.

„Lass das. Das ist noch eine kleine Überraschung für dich."

„Überraschungen hatte ich heute schon genug. Komm, sei nicht albern. Zeig her, was du da hast."

Sie schmiegte sich eng an ihn, um besser hinter seinen Rücken greifen zu können.

Ihm wurde plötzlich heiß. Er wusste nicht, ob es an der innigen Umarmung seiner Frau oder an der dicken, gefütterten Postbotenjacke lag. Mit seiner rechten Hand versuchte er die Weihnachtskarte zu zerknüllen. Vergebens. Angelika hatte sie ihm bereits mit einem gezielten Griff aus der Hand gerissen.

„Aha, was haben wir denn da? Hast du vielleicht eine heimliche Verehrerin?" Sie hielt triumphierend die Karte in ihren Händen.

„Nein, Schatz, das ist nicht so, wie du denkst. Gib sie mir. Sie lag in dem Buch in dem Päckchen, das auch vor der Haustür lag."

„Nimmt das denn immer noch kein Ende mit der Päckchenflut heute?"

Lucas stand da mit hängenden Schultern und sah zu, wie Angelika die Karte las.

„Da geht mir doch jetzt glatt ein Licht auf", sagte sie plötzlich mit einem scharfen Unterton. Sie schnappte sich das Buch, das noch auf der Anrichte lag.

„Die Abenteuer des Robin Hood", las sie laut vor. „Wenn ich mich recht entsinne, war er der Rächer der Enterbten. Der die Reichen beklaut hat, um es den Armen zu schenken. Hast Du Weihnachtspäckchen unterschlagen und denen geschenkt, die keine Geschenke bekommen?"

„Ich glaube schon", flüsterte Lucas beinahe unhörbar. Er ließ den Kopf sinken. Konnte seiner Frau nicht mehr in die Augen schauen.

„Und die Päckchen da im Wohnzimmer? Die sind auch geklaut?"

Lucas holte tief Luft, wollte ihr erklären, dass ein Kollege ihm eine SMS geschickt hatte, in der stand, dass er Fieber habe und nicht mehr lange ausfahren könne. Er würde ihm seine restlichen Pakete vor die Tür legen, damit Lucas sie noch rasch verteilen konnte. Aber dazu kam er nicht, denn Angelika redete bereits wieder auf ihn ein.

„Ich fasse es nicht. Sag mir, dass das nicht wahr ist. Was hast du dir dabei gedacht? Wenn das rauskommt, bist du deinen Job los. Wobei das wahrscheinlich noch das Mindeste ist, was dir passieren kann." Angelika hämmerte verzweifelt mit beiden Fäusten auf die Brust ihres Mannes ein.

Der wehrte sich erst gar nicht. Nach einer Weile ließ Angelika erschöpft von ihm ab. Sie funkelte ihn an.

„Ich geh jetzt mit den Kindern in den Weihnachtsgottesdienst", sagte sie mit ernstem Unterton. „Ich sag ihnen, dass du dich erst mal ausruhen musst, weil du so viel gearbeitet hast. Wenn wir wiederkommen, sind alle Päckchen, die heute hier reingeschneit sind, verschwunden. Haben wir uns verstanden?"

Er hob den Kopf einmal kurz nach oben und senkte ihn dann wieder.

„Du hast eine gute Stunde Zeit. Wenn wir wieder zurück sind, sieht es hier so aus wie jedes Jahr an Weihnachten." Angelika hob mit einem Finger den Kopf ihres Mannes hoch und blickte ihm fest in die Augen.

„Du bist einfach zu gut für diese Welt, du grenzenloser Dummkopf", sagte sie mit deutlich sanfterer Stimme. Täuschte er sich oder schimmerten Angelikas Augen tatsächlich feucht vor Tränen?

„Ich, äh, ich weiß auch nicht, was da in mich gefahren ist." Er wollte noch mehr erklären, doch Angelika legte ihm einen Finger auf seine Lippen.

„Psst, darüber können wir uns heute Abend unterhalten, wenn die Kinder im Bett sind", flüsterte sie ihm ins Ohr und gab ihm einen Kuss auf den Mund.

Erleichtert, dass Angelika nicht mehr ganz so böse zu sein schien, ging er rasch ins Schlafzimmer. Er wollte vermeiden, dass die Kinder ihn zu Gesicht bekamen.

Aus dem Wohnzimmer hörte er, wie Sina zu ihrer Mutter sagte: „Mama, das verstehe ich nicht. Papa ist doch jedes Jahr mit uns in die Kirche gegangen. Warum dieses Jahr nicht?"

„Mein Schätzchen. Ich habe es dir doch erklärt. Papa ist schon seit Tagen beinahe rund um die Uhr unterwegs, damit jede Familie rechtzeitig zum Weihnachtsfest ihre Geschenke bekommt. Das hat ihn total erschöpft. Er braucht dringend mal eine Pause, sonst kann er nachher nicht mit uns Weihnachten feiern,

weil er zu müde ist. Das verstehst du doch, oder?",
erklärte Angelika.

Sie rief nach Sinas Geschwistern. „Peter, Clara, los
jetzt, wir sind schon spät dran. Kommt jetzt." Dann
fiel die Haustür ins Schloss.

Sofort rannte Lucas ins Wohnzimmer. Beim
Anblick der vielen großen und kleinen Pakete, die
rund um den schon festlich geschmückten Weihnachtsbaum lagen, stockte ihm der Atem. Wie sollte er
das bloß den Kindern erklären, wenn nachher bei der
Bescherung nur noch ein kleines Häufchen davon
übriggeblieben war. Für einen Moment überlegte er,
alles so zu belassen. Er wagte nicht, daran zu denken,
was für Überraschungen da unter dem Weihnachtsbaum lagen.

Das wäre sicher ein ganz anderes Weihnachten
geworden. Endlich mal eines, wo er die Geschenke,
die Angelika immer so liebevoll einpackte, nicht
schon alle im Voraus kannte, weil er sie entweder
selbst besorgt oder vorher mit Angelika abgesprochen
hatte.

Mit einem tiefen Seufzer dachte er an die eindring-
lichen Worte seiner Frau. Er blickte auf seine Armbanduhr. Es blieb ihm gerade noch eine knappe
Stunde Zeit, um die Überraschungsgeschenke aus dem
Haus zu schaffen. Bestürzt stellte er fest, dass die
Adressen auf den Päckchen über die gesamte Stadt
verteilt waren. Bis auf eines. Das trug seinen Namen

und seine Adresse, aber keinen Absender. Er legte es verwundert unter den Baum.

Fieberhaft überlegte er, was er mit den übrigen Päckchen tun sollte. Er würde es unmöglich schaffen, sie den echten Empfängern zuzustellen. Er holte zwei große Plastiksäcke und so schnell er konnte, verstaute er die kleinen und großen Pakete darin. Als er die Säcke in den Kofferraum seines Passat Kombi lud, wusste er, wem er mit den Päckchen eine Freude bereiten würde.

So schnell es der Verkehr zuließ, fuhr er in die Innenstadt und fand überraschenderweise einen freien Parkplatz im Parkhaus. Er hatte die Schutzmaske besonders weit über die Nase gezogen, damit ihn keiner erkannte. Zu was so eine Pandemie doch gut sein kann, dachte er und verließ das Parkhaus. Mit den beiden Säcken auf der Schulter musste er sich so manchen skeptischen Blick gefallen lassen. Das war ihm egal. Hauptsache, er schaffte es rechtzeitig, seine Geschenke zu verteilen. In der Fußgängerzone waren kaum noch Menschen unterwegs, die meisten Geschäfte hatten bereits geschlossen.

Lucas suchte nach Wohnsitzlosen, die in der kalten Jahreszeit meist vor den Eingängen der Kaufhäuser ihr Lager aufschlugen. Es dauerte nicht lange, da sah er schon die ersten beiden mit ihren ganzem Hab und Gut in schmutzigen Plastiktaschen. Er überlegte nicht lange und griff in einen der Säcke, holte zwei Pakete heraus und überreichte sie den beiden erstaunten Männern. Noch ehe sie sich bedanken konnten, strebte er schon weiter zum nächsten Kaufhaus, immer mit dem Blick auf seine Armbanduhr.

Nach einer guten halben Stunde hatte Lucas die unverhofften Gaben an alle Bettler, Schnorrer, sogar an zwei Punks mit Irokesenschnitt verteilt, hatte in verblüffte, aber auch erfreute und dankbare Gesichter geblickt. Auf dem Rückweg zum Parkhaus rannte er mehr, als dass er ging, ließ sich auf den Fahrersitz seines Autos fallen, zog die Maske vom Gesicht und atmete tief durch.

Zurück zuhause, zog er sich um, legte eine CD mit Weihnachtsliedern in den Player ein und stellte ihn an. Er legte zwei Buchenscheite in den noch glimmenden Kaminofen und steckte ein paar Kerzen auf Anrichte und Fensterbank an. Gerade als er dabei war, eine Sektflasche zu öffnen, hörte er auch schon die aufgeregten Stimmen seiner Kinder.

„Erst die Schuhe und die Mäntel ausziehen!", mahnte Angelika.

„Mama, ist Papa denn schon wach?", hörte er die aufgeweckte Stimme seiner ältesten Tochter fragen.

„Ganz bestimmt. Wascht euch die Hände und dann machen wir die Bescherung."

„Oh ja, endlich ist es so weit", hörte er von draußen Peter und Clara zusammen schreien.

Ein paar Augenblicke später ging die Tür zum Wohnzimmer auf. Sina, Peter und Clara stürmten alle gleichzeitig herein. Angelika betrat als letzte das festlich geschmückte Zimmer.

Sie sah ihren Mann Lucas, der mit einem Glas Sekt auf sie zutrat. Sie nahm es entgegen und schielte hinüber zum Weihnachtsbaum.

„Na, wie war die Kirche?", fragte er und trank einen Schluck.

„Wunderschön besinnlich. Schade, dass du nicht mit warst", antwortete sie und nahm zufrieden zur Kenntnis, dass nur noch die eigenen Geschenke unter dem Baum lagen.

„Mama, Papa, wo sind denn die ganzen Geschenke hingekommen? Das waren eben doch noch viel mehr." Sina, die Jüngste, sah ihre Eltern mit einem enttäuschten Blick an.

„Komm mal zu mir, meine Kleine." Widerstrebend gehorchte sie und ging zu ihrem Papa, der sich in einen Sessel am Wohnzimmertisch gesetzt hatte. Sie hockte sich mit Tränen in den Augen auf seinen Schoß.

„Du Sina, da ist ein großes Missgeschick passiert. Du weißt doch, dass ich bei der Post arbeite. Und ich bin dafür zuständig, dass die vielen Geschenke an die richtigen Adressen und zu den richtigen Familien gebracht werden. Leider ist ein Kollege von mir kurzfristig krank geworden. Er hat es nicht mehr rechtzeitig geschafft, all die vielen Pakete zu verteilen. Er hat aber noch versucht, so lange es ging, durchzuhalten. Da hat er an der Haustür geklingelt. Bestimmt hat es Mama nicht gehört, und er hat die Pakete halt vor unsere Haustüre gelegt, damit ich sie später für ihn rasch verteilen kann. Er hat mir eine SMS geschickt und mich um Hilfe gebeten. Da ich selbst die ganze Zeit damit beschäftigt war, die vielen Geschenke zu den Menschen in unserer Stadt zu bringen, habe ich bei dem ganzen Stress heute vergessen, Mama Bescheid zu sagen. Deshalb dachte sie zuerst, die Pakete wären alle für uns." Er warf Angelika einen Seitenblick zu. Diese Notlüge musste sie wohl oder übel in Kauf nehmen.

Sina blickte ihren Vater einen Moment lang mit ihren dunklen, kleinen Kinderaugen zweifelnd an.

„Und du hast dich gar nicht ausgeruht, als wir in der Kirche waren, stimmt's?"

„Nein, mein Schatz, ich musste noch auf den allerletzten Drücker die Geschenke, die versehentlich unter unseren Weihnachtsbaum lagen, zu ihren Empfängern bringen. Sonst wären die Kinder und Erwachsenen ganz traurig gewesen, wenn sie dieses Jahr nicht rechtzeitig ihre Geschenke bekommen hätten." Er wunderte sich selbst, wie mühelos ihm die kleine Schwindelei über die Lippen kam.

Sina umschlang mit ihren kleinen Ärmchen die Schultern ihres Papas. Dann hüpfte sie von seinem Schoß, um sich endlich den Geschenken zu widmen.

Angelika hob ihre rechte Hand und wedelte mit dem ausgestreckten Zeigefinger ein paar Mal spielerisch drohend vor ihrem Gesicht hin und her. Dabei grinste sie ihren Mann mit einem zufriedenen Lächeln an.

Die Bescherung lief wie in jedem Jahr nach einem festen Schema ab. Es durfte immer nur der Reihe nach ein Geschenk geöffnet werden. Sina, die jüngste in der Familie, fing an. Sie riss voll freudiger Erwartung das Geschenkpapier auseinander. Zum Vorschein kam die blonde Barbiepuppe, die sie sich so sehr gewünscht hatte. Sie fiel erst Mama, dann Papa um den Hals. Als Nächster war Peter an der Reihe. Sein Paket war diesmal besonders groß ausgefallen. Er konnte es sich schon denken, was darin versteckt war. Und tatsächlich, es war ein Baukasten von Fischer, mit der Abbildung eines Kreuzfahrtschiffes auf der Verpackung.

„Danke, vielen Dank", sagte der fast 10-jährige Peter und fing sofort an, die Verpackung aufzureißen. Alle wussten, dass er für den Rest der Weihnachtsfeiertage damit beschäftigt sein würde, das Schiff detailgetreu nachzubauen.

Clara hockte die ganze Zeit still neben dem Weihnachtsbaum und freute sich mit ihren Geschwistern. Sie wartete geduldig, bis sie als Älteste endlich dran war. Ihr Paket war nur so groß wie eine Tafel Schokolade. Doch das hatte nichts zu bedeuten. Sie drehte und wendete es ein paar Mal hin und her, bevor sie vorsichtig mit einer Schere das Geschenkpapier aufschnitt.

Alle starrten gebannt auf Claras Hände. Sie ließ sich absichtlich lange Zeit damit, das Papier aufzuschneiden.

„Nun mach doch endlich voran", rief ihr Bruder ungeduldig.

„Ta, ta, na was haben wir denn da?" Clara tat geheimnisvoll. Mit einem letzten Schnitt öffnete sie das kleine Paket. Sie wickelte das Papier ab und zum Vorschein kam ihr so innig gewünschtes Geschenk. Das neue Smartphone.

„Wow!" Peter war sichtlich beeindruckt.

„Oh Mann, vielen, vielen Dank", rief Clara freudestrahlend. Sie sprang auf und gab zuerst ihrem verdatterten Papa und dann ihrer Mama jeweils einen Kuss auf die Wange.

Angelika und ihr Mann blickten beide zufrieden auf ihre Kinder, die alle drei still mit sich und ihren Geschenken beschäftigt waren.

Angelika forderte nun ihren Mann auf, sein Geschenk auszupacken. Er stand auf, bückte sich unter den Baum. Las seinen Namen auf dem Päckchen und hob es auf. Noch im Stehen riss er es wie ein kleines ungeduldiges Kind auf. Das machte er jedes Jahr so. Für einen kurzen Moment fühlte er sich dann noch einmal wie ein Kind, das nicht mehr länger warten konnte.

Angelika amüsierte sich wie üblich darüber und schüttelte ihren braunen Lockenkopf.

„Oh, was haben wir denn da", rief er, scheinbar überrascht. Die Kinder blickten nur kurz zu ihm auf. Was sich die Erwachsenen schenkten, interessierte sie noch nicht.

„Ein Tablet. Das habe ich mir schon lange gewünscht", sagte er und ging zu Angelika, um sie zum Dank zu umarmen. Das machten sie auch jedes Jahr so, vor den Kindern, obwohl sie sich ihre Geschenke schon seit geraumer Zeit selbst aussuchten.

„So, jetzt bist du aber endlich dran", forderte er sie auf, als sie sich wieder voneinander gelöst hatten. Da lagen nun noch zwei Geschenke unter dem Baum. Das eine, ein sehr großes Paket, war eindeutig für Angelika bestimmt. Sie hob es hoch und blickte gleichzeitig verwundert auf das übriggebliebene, deutlich kleinere Päckchen.

Angelika trug ihr großes Geschenk hinüber zum Wohnzimmertisch. Sie musste aufpassen, dass sie dabei nicht über Peters Bauteile stolperte, die er überall auf dem Fußboden verteilt hatte.

Genauso sorgfältig, wie sie alle Geschenke mit viel Liebe einpackte, öffnete sie jetzt auch ihr Geschenk ganz vorsichtig mit einer Schere. Das war sie dem feinen grünen Geschenkpapier mit den weißen Weihnachtssternen darauf einfach schuldig. Es tat ihr jedes Mal aufs Neue in der Seele leid, wie achtlos das schöne Geschenkpapier meist auseinandergerissen wurde. Sie faltete ihr Papier, nachdem sie ihr

Geschenk ausgepackt hatte, immer genauso behutsam wieder zusammen, damit man es noch einmal verwenden konnte.

„Ach, wie herrlich", seufzte sie, als sie den flauschigen weißen Bademantel an ihre Brust drückte. „Sogar mit einer Kapuze, damit ich nicht auf dem Kopf friere, wenn ich aus der Sauna komme."

Auch sie bedankte sich mit einer liebevollen Umarmung und einem Kuss bei ihrem Mann. Dann schauten beide auf das letzte kleine Päckchen, das unter der reichlich geschmückten Nordmanntanne lag.

„Da liegt noch ein Geschenk, bei dem ich beim besten Willen nicht weiß, wie das da hingekommen ist," sagte Angelika, ging hinüber zum Baum und hob es vorsichtig auf. Es war nicht wie alle anderen Päckchen in das grünweiße Papier eingepackt, das Angelika verwendet hatte.

„Puh, da darfst du mich auch nicht fragen. Ich schlage vor, wir öffnen es gemeinsam. Was hältst du davon?", fragte Lucas.

„Gute Idee", antwortete Angelika mit einem schelmischen Grinsen. Sie war bereits dabei, das schlichte braune Packpapier mit der Schere zu öffnen. Es dauerte nicht lange, da hielt Angelika erstaunt ein gerahmtes Bild in der Größe eines Buches in der Hand. Lucas blickte ihr verwundert über die Schulter. Auf dem Bild war eine sehr alte Frau zu sehen, die zufrieden lächelnd in einem Ohrensessel saß. Ihr kleiner Kopf mit den schneeweißen Haaren war leicht zur

40

Seite geneigt. Die faltigen Hände hatte sie, wie zum Gebet, in ihrem Schoß gelegt. Lucas erkannte das Greisengesicht sofort.

Angelika drehte nach einer Weile das in einen Holzrahmen eingepasste Foto um.

Auf der Rückseite war mit Tesafilm ein gefalteter Zettel festgeklebt. Angelika löste ihn vorsichtig vom Rahmen. Sie spürte, wie ihr Herz anfing zu klopfen. Gerade als sie den Zettel auseinanderfalten wollte, legte ihr Lucas eine Hand auf den Arm.

„Nein, warte damit bis heute Abend, bis die Kinder schlafen." Er sah sie mit einem Blick an, der keinen Widerspruch duldete. Sie verstand, was er damit meinte.

Der Rest des Heiligen Abends verlief wie jedes Jahr. Die Kinder durften noch eine Weile mit ihren Geschenken spielen, bis Angelika alle zum Festessen an den Tisch rief. Nach dem Weihnachtsessen bei Kerzenschein, begleitet von leiser Weihnachtsmusik, wurde es für die Kinder Zeit, ins Bett zu gehen. Nach dem üblichen Gemurre und Protest verzogen sich die drei aber bald mit ihren Geschenken in ihre Zimmer. Angelika und ihr Mann räumten den Tisch ab und stellten das schmutzige Geschirr in die Spülmaschine. Danach machten es sich die beiden bei einem Glas guten Burgunders auf der Couch gemütlich. Angelika tauschte noch die Weihnachtsmusik gegen eine CD mit Entspannungsmusik aus. Dann war es endlich soweit.

„So, dann lies mal vor, was die alte Dame uns zu berichten hat", forderte Angelika Lucas auf. Sie trank genussvoll einen großen Schluck von dem herrlichen, wenn auch schweren Rotwein, der beinahe sofort ihre Wangen zum Glühen brachte.

Lucas räusperte sich kurz, bevor er zu lesen begann:

„Mein lieber Postbote,

Wenn Du - ich darf doch Du sagen, so lange, wie wir uns schon kennen - diese Zeilen liest, werde ich nicht mehr auf dieser Welt sein. Das macht nichts, denn ich habe ein sehr langes, erfülltes Leben mit vielen Höhen und auch ein paar Tiefen gelebt. Dennoch habe ich die letzten Jahre unter der Einsamkeit gelitten. Nur Du, mein lieber Postbote, warst in dieser Zeit, ob Du es glaubst oder nicht, der einzige Mensch, der ein wenig Abwechslung in mein bescheiden gewordenes Leben gebracht hat. Und dafür bin ich Dir sehr dankbar. Du hast immer ein paar Minuten von Deiner wichtigen Arbeitszeit abgezwackt, um einer alten, alleinstehenden Frau Gesellschaft zu leisten. Du hast mir geduldig zugehört, wenn ich was loswerden musste. Und Du hast mir von Dir und Deiner Familie und den drei Kindern erzählt. Sie sind mir alle im Laufe der Jahre unbekannterweise ans Herz gewachsen. Für Deine Zeit, die Du für mich geopfert hast, und für Dein aufrichtiges Mitgefühl mit einem alten Menschen, möchte ich Dir zum einen danken und zum anderen Dir und deiner Familie zu Weihnachten eine Freude machen.

Du hast mir bei einem unserer vielen kurzen Gespräche gesagt, dass Ihr in sehr beengten Verhältnissen lebt. Leider würden Eure beiden Verdienste es nicht zulassen, dass Ihr Euch eine größere Wohnung leisten könnt.

Nun, da ich meine sehr große Wohnung in bester Wohnlage, inmitten unserer schönen Stadt nicht mehr brauche, habe ich sie Dir und Deiner Familie vermacht. Ich habe niemanden mehr, dem ich sie sonst überlassen könnte. Meine Freunde sind alle verstorben, wie auch mein Ehemann. Kinder habe ich keine.

Melde Dich einfach nach den Feiertagen bei der untenstehenden Adresse, dem Notar Weidenfeller. Er wird alle notwendigen Schritte einleiten.

In diesem Sinne wünsche ich Dir und Deiner Familie, mein lieber, mir ans Herz gewachsener Postbote, ein frohes, besinnliches Weihnachtsfest.

Liebe Grüße,

Wilhelmine Helmer

P.S.: Denk bloß nicht, Du hättest dieses Geschenk nicht verdient. In unserer Siedlung sind wir uns alle einig, dass Du der liebenswerteste Postbote bist, den wir je hatten. Und Liebenswürdigkeit muss in unserer heutigen Welt belohnt werden! (Und falls Du Dich fragst, woher ich Deine Adresse weiß: Meine Nachbarin, Frau Habermann, mit der Du Dich auch immer unterhalten hast, hat sie mir verraten).

Lucas ließ das Blatt Papier mit zitternden Händen sinken. Die Tränen liefen ihm links und rechts vor Freude und Traurigkeit gleichzeitig die Wangen hinunter. Mit verschleiertem Blick sah er zu Angelika hinüber. Sie schluchzte so heftig, dass er sie ganz sanft in die Arme nahm. Er streichelte ihr behutsam über ihre lockigen Haare. So saßen sie sehr lange still da und lauschten den wohltuenden Klängen einer Harfe, deren sphärische Musik direkt aus dem Himmel zu kommen schien.

Als die wunderbare Musik endete, sagte Angelika mit immer noch vor Rührung belegter Stimme:

„Was für eine Überraschung an unserem bislang allerschönsten Weihnachtsfest."

Sie griffen beide gleichzeitig nach ihren Gläsern und prosteten sich zu.

„Ich glaube, wir haben allen Grund zu feiern. Legst du flottere Musik auf?", fragte Lucas und wischte sich die letzten Tränen aus dem Gesicht.

3 Mia, Cleo und Marlene suchen das Christkind

Seit zwei Wochen vor Weihnachten war alles anders als zuvor. Mama und Papa hatten Mia, Cleo und Marlene erklärt, dass sie eine neue Arbeit hatten, sie würden umziehen. Davon waren die drei Mädchen alles andere als begeistert. Ihre Eltern mussten arbeiten, so viel war klar. Das verstanden die drei Schwestern, obwohl Mia erst vier war und ihren Kindergarten über alles liebte. Marlene war mit acht Jahren die Große und besuchte schon die dritte Klasse. Sie erklärte es Mia und Cleo, nachdem Papa und Mama am Abend wie üblich zwei Geschichten vorgelesen hatten. Cleo war sechs, ging in die erste Klasse und wäre so gern bei ihren Klassenkameradinnen geblieben. Aber da sie auch zu den großen Mädchen zählen wollte, half sie ihrer Schwester eisern, Mia zu erklären, dass man Geld brauchte, um Essen, Eis und Spielzeug zu kaufen. Und dazu mussten Mama und Papa eben umziehen, mit ihren drei Töchtern natürlich!

Also verabschiedeten sie sich von allen Kindern in der Schule und im Kindergarten mit Schokoladenkuchen und Abschiedsgeschenken. Auch die drei Mädchen bekamen kleine Geschenke: Marlene erhielt von ihrer Freundin Hanna ein Buch, Cleo ein Fotoalbum mit Bildern von der ganzen Klasse und Mia ein

Lied, das alle Kinder heimlich für sie auswendig gelernt hatten.

Daheim wurde gepackt, der Möbelwagen kam und das Haus leerte sich.

Mia, Cleo und Marlene saßen im Kinderzimmer und waren ein bisschen traurig, denn sie durften nicht alle Kuscheltiere mitnehmen.

„Sie passen einfach nicht alle in die Kisten, der Rest kommt zu Oma auf den Dachboden", meinte Mama und seufzte. Und dann gab es da noch eine ganz besondere silberne Metallkiste.

„Mama hat gesagt, dass da Weihnachtsgeschenke drin sind", erklärte Marlene.

„Meinst du, das Christkind hat den Playmobil-Zirkus reingelegt, den ich auf die Wunschliste geschrieben habe?", fragte Cleo.

„Und die Puppe mit dem blauen Rüschen-Kleid?" Mia wünschte sich diese Puppe wie nichts anderes auf der Welt. „Kann sein", antwortete Marlene.

„Auf alle Fälle kommt die Kiste ins Flugzeug, der Rest kommt mit dem Schiff und das dauert länger. Papa hat's mir erklärt."

Es war nicht nur ein Umzug von einer Stadt in die andere. Nein, nach ihren Abschiedsfeiern im Kindergarten und in der Schule flogen auch Papa, Mama, Mia, Cleo und Marlene mit dem Flugzeug!

Plötzlich waren sie mitten in Afrika! In einem Land, in dem vorher Krieg geherrscht hatte. Selbst Marlene verstand nicht genau, was das bedeutete. In ihrer neuen Stadt gab es kaum Geschäfte und wenige Autos. Und die Menschen sahen anders aus. Aber sie lachten und waren nett, obwohl die drei Mädchen nur die wenigen Worte verstanden, die Mama und Papa ihnen vorher beigebracht hatten.

Sie wohnten in einem neuen Haus mit fremden Möbeln.

„Unsere Möbel kommen mit dem Schiff", sagte Mama noch einmal. „Und das dauert ein bisschen."

„Und die große Metallkiste? Wo ist die denn? Bald ist doch Weihnachten! Wegen der Geschenke, Papa!" Marlene wurde ängstlich.

„Die kommt in den nächsten Tagen mit dem Flugzeug", antwortete Papa. „Nur keine Sorge!"

„Und wenn das Christkind gar nicht dazu gekommen ist, zuhause schon Geschenke in die Kiste zu legen, fliegt es dann bis hierher?", fragte Mia.

„Bestimmt!", erwiderte Mama.

„Wisst ihr was? Wir haben noch ein paar Tage frei, bevor wir mit der neuen Arbeit anfangen. Wir könnten einen Ausflug machen, hier gibt es so viel Tolles zu sehen!" Papa brachte seine Mädels auf andere Gedanken.

„Oh ja, dürfen wir Elefanten anschauen? Und Zebras? So wie im Zoo?", fragte Cleo und ihre beiden Schwestern nickten heftig. Sie waren ganz aufgeregt.

„Aber ja, nur viel besser. Ihr werdet sehen!", antworteten Papa und Mama wie aus einem Mund.

Diesmal brauchten die drei Mädchen, Mama und Papa nur wenig Gepäck. Das Haus mit den fremden Möbeln war ja ihr neues Zuhause. Sie fuhren in einen riesengroßen Tierpark. Alle Tiere liefen frei herum und man musste im Auto sitzen bleiben, um sie zu beobachten.

Mia, Cleo und Marlene entdeckten eine Giraffe mit ihrem langen Hals und ebenso langen dünnen Beinen. Gleich darauf sahen sie eine Elefantenmama mit ihren Kindern.

„Schau mal Mama, das Elefantenbaby schafft es nicht, über den Baumstamm zu klettern. Es bleibt mit dem Bauch am Stamm hängen!" Mias Stimme überschlug sich fast.

„Ja, die Beine müssen noch wachsen!" Mama lachte.

„Aber seine Mama wartet, bis das Baby es geschafft hat", beruhigte Papa seine kleine Tochter. In der Nacht träumte Mia davon, wie das Elefantenbaby über den Baumstamm krabbelte und schnell zu seiner Mama lief. Was Marlene und Cleo wohl geträumt hatten? Vielleicht von Weihnachten oder von den Geschenken? Mia kam nicht mehr dazu, zu fragen, denn am nächsten Morgen wurde schon wieder gepackt.

Der Ausflug war zu Ende und sie fuhren zurück. Am Tag vor Weihnachten, spät abends, kamen sie in ihrem neuen Zuhause an. Marlene schaute als Erstes nach der silbernen Metallkiste. Sie sollte inzwischen angekommen sein. Die ganze Familie suchte das Haus ab, aber nirgendwo war die Kiste zu finden.

Papa und Mama telefonierten. Am Ende schüttelten sie betrübt die Köpfe, nahmen ihre Mädchen fest in die Arme und flüsterten:

„Es hat Probleme am Flughafen gegeben. Die Kiste mit allem, was das Christkind für euch hineingelegt hat, kommt erst nach Weihnachten!"

Marlene wusste, dass sie vernünftig sein musste, schließlich war sie schon acht. Aber auch ihr fiel es schwer. Am liebsten hätte sie genauso geweint wie ihre beiden kleinen Schwestern.

„Es gibt gar kein Weihnachten hier!", heulte Mia, und Cleo bestätigte mit tränenzerfließendem Kopfnicken.

Papa kniete sich hin, so war er mit seinen Töchtern auf gleicher Höhe. Auch er schien bestürzt.

„Kein Weihnachten? Wieso denkst du das, Mia?" Das wollte Marlene auch gern wissen.

„Wenn es keine Geschenke gibt, ist auch nicht Weihnachten!", regte sich Cleo an Stelle ihrer kleinen Schwester auf.

„Die silberne Kiste ist nicht da! Und ob das Christkind zuhause überhaupt etwas hineingelegt hat, wissen wir auch nicht", setzte sie noch einen drauf. Mit verschränkten Armen stand sie da. Jetzt waren die Tränen versiegt, stattdessen zeigte sich Ärger auf ihrem Gesicht.

„Das Christkind kann auch nicht so weit fliegen! Sonst würde es auf jeden Fall Geschenke hierherbringen. Ihr habt gelogen!"

„Wahrscheinlich ist es dem Christkind hier zu heiß", sinnierte Marlene. Sie hätte gern die Stimmung gerettet, um nicht noch trauriger zu werden. Aber ihre Schwestern waren noch nicht fertig.

„Weihnachten muss kalt sein!", erklärte Cleo.

„Mit Schnee, wie in unseren Bilderbüchern!", ergänzte sie.

Mama hatte sich inzwischen zu Papa gehockt, die beiden schauten sich an.

„Das Leben ist nicht wie im Bilderbuch", hob Papa an, aber Mama knuffte ihn in die Seite.

„Lass sie doch, sie sind noch klein!", ermahnte sie ihn.

Das wiederum wollte Marlene sich nicht sagen lassen. Sie öffnete den Mund, um zu protestieren, aber ihre jüngeren Schwestern kamen ihr schon wieder zuvor.

„Gar nicht klein." Ausgerechnet Mia streckte die Brust raus und stellte sich auf die Zehenspitzen, um zu zeigen, wie groß sie in Wirklichkeit schon war. Papa hockte sich ein wenig tiefer, damit sie sich auch so fühlen konnte. Cleo überragte Mia nur noch um ein paar Zentimeter. Marlene wusste, wie groß sie war, und sie war schließlich die Vernünftigste. Deshalb wusste sie auch, dass es sich jetzt nicht lohnte, selbst etwas zu sagen.

„Ich glaube nicht, dass es dem Christkind hier zu heiß ist", sagte Mama jetzt.

„Es bringt doch Geschenke in die ganze Welt, nicht nur dorthin, wo es kalt ist." Alle drei Mädchen schauten skeptisch drein und überlegten, ob Mama Recht haben könnte. Zu guter Letzt nickte Mia langsam, Cleo nach einigen Sekunden ebenso.

„Bestimmt braucht es einfach nur länger", meinte Marlene, die Große, „wenn es so weit fliegen muss." Mama schien erleichtert.

Es war spät geworden und sie drängte darauf, dass die Kinder langsam ins Bett gingen. Alle waren ratlos, wie der morgige Weihnachtstag werden würde. Aber er würde auf keinen Fall besser werden, wenn Mia, Cleo und Marlene nicht ausgeschlafen wären.

Mama und Papa sollten sich etwas einfallen lassen, wie sie zumindest ein wenig Weihnachten feiern könnten, nachdem alles so schiefgegangen war, überlegte Marlene. Den beiden fiel doch immer etwas ein!

Und tatsächlich, während sie sich ihre Nachthemden anzogen und ihre Zähne putzten, stellten Mama und Papa ihre drei Betten um. Eigentlich sollte Marlene seit ihrem Umzug allein in einem eigenen Zimmer schlafen, sie war ja schon acht Jahre alt. Aber wer wollte schon allein sein, wenn die Gefahr bestand, dass Weihnachten ausfiel?

Ihre drei Betten standen im Wohnzimmer, mit dem Kopfteil an der Wand, an der später das Buffet stehen sollte. Zwischen ihren Betten war nur ein kleiner

Abstand, anders hätten sie gar nicht hineingepasst. Wenn Mia, Cleo und Marlene ihre Arme ausstreckten, konnten sie sich an den Händen halten, so eng war es. Auf der anderen Seite des Wohnzimmers befand sich eine riesengroße Glastür, die auf die Terrasse führte.

Als die Mädchen in ihren Betten lagen, schauten sie direkt auf den Sternenhimmel. Der Himmel sah anders aus als der in ihrem alten Zuhause. Über dem Horizont lag ein leuchtendes Band und in der Dunkelheit waren unzählige weiße Punkte wie Perlen verstreut. In ihrem alten Zimmer hatten sie vor dem Einschlafen immer noch geflüstert und gekichert, aber in diesem Moment brachte keine von ihnen ein Wort heraus. Sie lagen da und staunten. So funkelten die Sterne nur in Afrika, sie schienen magisch zu sein. Zum ersten Mal sahen sie die Weite des Universums und vergaßen für einen kleinen Augenblick ihre Traurigkeit darüber, dass Weihnachten in diesem Jahr ausfallen sollte.

Der neue Tag weckte sie mit strahlendem Sonnenschein und blauem Himmel. Als Erste sprang Cleo aus dem Bett und lief durch das Haus, auf der Suche nach ihren Eltern. Mama stand in der Küche und bereitete das Frühstück zu. Den Esszimmertisch hatte sie mit knallroten exotischen Blumen dekoriert. Ihr Duft kitzelte Cleo in der Nase.

„Wo ist denn Papa?" Cleo stand barfuß im Flur und musste niesen.

„Der ist unterwegs. Er bereitet unser außergewöhnliches Weihnachten vor."

Cleos Herz machte einen großen Hüpfer. In dem Moment hörte sie, wie Mia und Marlene mit ihren nackten Füßen in die Küche gepatscht kamen. Sie hatten Mamas Antwort mitbekommen und standen staunend vor ihnen.

„Das ist ja toll!", freute sich Mia.

Dann setzten sich die vier an den Tisch und frühstückten.

Marlene fragte: „Was ist das denn für ein außergewöhnliches Weihnachten? Hoffentlich nicht eins ohne Geschenke!"

„Ich weiß es nicht. Papa hat gestern Abend lange telefoniert. Ich glaube, er hat dem Christkind erklärt, wie es zu uns kommen kann, weil es ja unser neues Heim noch nicht kennt."

„Meinst du, das Christkind findet den Weg so schnell? Heute Abend muss es ja schon hier sein", wollte Cleo wissen.

„Bestimmt", meinte Mama und machte ein sorgenvolles Gesicht.

Da hatte Cleo eine Idee. Aber sie verriet sie nicht. Und das war ein Fehler!

Nach dem Frühstück lief Marlene in ihr Zimmer und las in ihrem Lieblingsbuch. Es handelte von vielen Tieren in Afrika und ihren Erlebnissen. Mia und Cleo rannten draußen herum.

Als Mama zum Mittagessen rief, erschien nur Marlene.

„Wo bleiben die beiden denn?", wunderte sich Mama.

Marlene antwortete: „Die haben die ganze Zeit draußen gespielt. Vorhin waren sie nur kurz drin und haben sich was zum Malen geholt." Nach zehn Minuten stand Mama auf, ging zur Haustür, öffnete sie und rief laut:

„Mia, Cleo, kommt bitte sofort zum Essen. Es wird kalt, und ich werde langsam sauer!" Aber nichts geschah. Mama trat aus dem Haus, schaute sich um, doch niemand war zu sehen. Inzwischen war Marlene zu ihr getreten und rief:

„Wo seid ihr? Wir spielen jetzt nicht verstecken. Kommt endlich her. Wir wollen essen!" Sie lief die Stufen hinunter in den Garten und sah sich um. Plötzlich kam sie zurück und hielt ein Stück Papier in den Händen.

„Sieh mal, Mama, das lag auf der Gartenbank mit einem Stein drauf!" Mama strich das Papier glatt, dann las sie langsam vor:

Libe Mama
Mia unt ich gen das kristkint suren.
Wir wolln im zeigen wo wir won.

„Um Gottes willen!", rief Mama. „Wie lange sind sie schon fort?"

„Ich weiß es nicht," antwortete Marlene. „Aber ich habe sie schon länger nicht mehr gehört."

„Wir müssen die beiden finden. Wo könnten sie bloß hingegangen sein?" Marlene nahm Mamas Hand. Sie spürte, wie sie leicht zitterte.

„Mama, du musst keine Angst haben. Wir finden Mia und Cleo. Die sind sicher nicht weit weg."

„Wir müssen Papa anrufen. Vielleicht weiß der, wo sie sein könnten. Komm, lass uns reingehen."

Drinnen im Haus, wo ständig der große Ventilator brummte, sagte Mama mit sorgenvollem Blick:

„Warte hier, ich bin gleich wieder da." Mama verschwand im Schlafzimmer. Marlene überlegte inzwischen fieberhaft, wo Mia und Cleo sein konnten. Sie hörte, ohne zu verstehen, worüber sie sprachen, dass Mama mit Papa telefonierte. Mamas Stimme war zuerst laut, dann immer häufiger von Schluchzen unterbrochen. Sie weinte. Marlene stiegen selbst Tränen in die Augen. Sie faltete ihre kleinen Hände und schaute hoch zu dem sich drehenden Ventilator.

Da fiel ihr ein, dass Papa, kurz nachdem sie in der fremden Stadt angekommen waren, ihr, Mia und Cleo einen guten Freund vorgestellt hatte. Er hieß Josef Murunga. Gemeinsam hatten sie ihm einen Besuch abgestattet. Auf dem Weg zu ihm hatte Papa gesagt, dass Josef ein weiser Mann sei.

Marlene musste plötzlich kichern, weil sie sich daran erinnerte, dass sie Papa gefragt hatte:

„Wie kann er den weiß sein, wenn er so dunkel ist, wie alle Menschen hier?" Papa hatte lauthals gelacht.

„Mein Liebes. Josef ist dunkelhäutig, da hast du Recht. Aber, was ich meinte, ist, dass er ein schlauer Mann ist. Er ist schon alt und weiß über viele Dinge Bescheid."

Sie hatten Josef vor seinem Haus angetroffen. Er saß auf einem Plastikstuhl und las in einer Zeitung. Der alte Mann zog seine Nickelbrille von der Nase und lächelte freundlich. Sein Gesicht war von tiefen Furchen durchzogen. Den Mädchen fiel auf, dass seine Hände an den Innenseiten hell waren, gar nicht so dunkel wie sonst alles an ihm. Auf seinem runden Kopf spross ein Halbkreis weißer Haare.

Als er seine Besucher erkannte, zog er schnell ein paar geflochtene Korbstühle heran und bat sie, Platz zu nehmen. Vor seinem Haus wuchs eine Kokospalme, die so hoch war, dass sie in den Himmel zu ragen schien. Josef bat einen Jungen, der kaum größer war als Marlene, Kokosnüsse vom Baum zu holen. Geschickt kletterte der Junge, der Kofi hieß, den Stamm hoch und holte die Früchte herunter. Josef öffnete die grünen Kokosnüsse und schüttete herrlich erfrischenden Kokossaft in bunte Blechtassen. Die drei Mädchen staunten über den Saft, der auf den Bäumen wuchs, so ganz ohne Supermarkt. Es war ein herrlicher Nachmittag geworden. Nicht nur Kofi, sondern alle Kinder aus Josefs Nachbarschaft scharten sich um die drei fremdartig aussehenden Mädchen und grinsten sie an. Vorsichtig hatten Marlene, Cleo und Mia zurückgelächelt.

Marlene war so in ihre Gedanken an den Besuch vertieft, dass sie gar nicht bemerkte, dass Mama längst neben ihr stand und weinte.

„Ich habe mit Papa telefoniert. Der hat auch keine Ahnung, wo Mia und Cleo hingegangen sein könnten. Er meint, wir sollen die Polizei verständigen. Papa kommt bald nach Hause."

Marlene sah, wie Mama sich die Tränen aus den Augen wischte.

„Komm mit, Mama, ich glaube ich weiß, wo Mia und Cleo sind." Sie ergriff Mamas Hand und zog an ihr. Hand in Hand liefen die beiden eine Weile später an der Kokospalme vorbei und betraten Josefs Haus. Die Wände waren grün gestrichen, erkannte Marlene im Halbdunkel. Die Fenster waren abgedunkelt, um die Hitze draußen zu halten. Ihre kleinen Schwestern waren nirgends zu entdecken.

Josef begrüßte sie freundlich und bedeutete ihnen, hinter das Haus zu gehen. Dort gab es einen Hof, umgeben von einem hohen geflochtenen Zaun. In der Mitte des Hofes stand ein kleiner Baum mit glänzenden grünen Blättern. Neben diesem Baum knieten Mia, Cleo und ein Mädchen mit dunkler Haut, etwa so alt wie Cleo. Mama stieß einen Schrei aus, bückte sich und umarmte ihre beiden Töchter. Auch Marlene fiel ein riesiger Stein vom Herzen.

„Was um alles in der Welt macht ihr hier? Warum seid ihr weggelaufen? Ich habe mir solche Sorgen gemacht!", sagte Mama mit tränenerstickter Stimme.

„Wir mussten doch das Christkind suchen. Papa hat gesagt, der Josef weiß alles. Also muss er auch wissen, wo das Christkind ist", erklärte Mia.

Mama schluckte. „Und, weiß er es?"

„Bestimmt, aber er spricht eine andere Sprache, wir konnten das nicht mit ihm besprechen", erklärte Cleo. Sie deutete auf das Mädchen neben sich. „Das ist Nabila. Ich glaube, Josef ist ihr Opa. Sie hat uns gezeigt, wie man in Afrika einen Weihnachtsbaum schmückt."

Ungerührt fuhren die Mädchen fort, den jungen Baum in der Mitte des Hofes zu schmücken. Sie hängten Figuren aus Glasperlen und Sterne aus bunter Folie hinein. Marlene erkannte, dass es sich um einen Orangenbaum handelte, denn ein paar kleine gelbgrüne Früchte hingen schon an den Zweigen des jungen Bäumchens. Dieser Baum sah überhaupt nicht aus wie die Weihnachtsbäume, die Marlene aus Deutschland kannte, aber mit seinem bunten und fröhlichen Schmuck war er ausgesprochen hübsch.

Mama telefonierte mit Papa, um ihm zu berichten, dass sie Mia und Cleo gefunden hatten. Er versprach, sofort zu kommen. Josef hatte inzwischen die Korbstühle in den Hof getragen und machte ihnen ein Zeichen, sich zu setzen. Mama nahm das Angebot dankend an, denn ihr zitterten noch immer die Knie. Marlene half den jüngeren Mädchen beim Schmücken des Baumes.

Von drinnen waren nun Geräusche und Stimmen zu hören und zwei Frauen, ein Mann und zwei Jungen in Marlenes Alter traten nach draußen. Josef umarmte alle und redete in einer fremden Sprache auf sie ein. Die beiden Jungen beäugten die weißen Mädchen neugierig. Nabila sprang auf und zog sie mit sich zum geschmückten Baum.

Josef stellte die Ankömmlinge vor. Er sprach ein paar Worte Englisch und so konnte Mama verstehen, dass die beiden Frauen, Lerato und Busisiwe, seine Töchter waren. Bekabanthu war Leratos Ehemann. Nabila und Kofi, den sie ja schon kannten, waren ihre Kinder. Jojo, der zweite Junge, war Busisiwes Sohn.

Mama stellte ihre Töchter und sich selbst vor.

„Nice to meet you!"

Die Afrikaner nickten freundlich und alle lächelten einander an. Lerato und Busisiwe verschwanden im Haus und kamen mit einem Holztisch wieder heraus. Darauf stellten sie jede Menge Schüsseln und Platten mit fremdländisch aussehenden Speisen.

Als Mia verkündete, sie habe großen Hunger und der Baum sei jetzt fertig geschmückt, kam Papa. In der Hand trug er die silberne Weihnachtskiste. Mama und die Mädchen machten große Augen. Doch bevor sie Papa mit ihren Fragen bestürmten, umarmten sie sich, froh darüber, dass sie alle wieder beieinander waren. Und sie umarmten auch die afrikanische Familie und wünschten ihnen Frohe Weihnachten. Alle verstanden auch ohne Übersetzung, was gemeint war.

„Frohe Weihnachten!" „Merry Christmas!" „Geseënde Kersfees!" „Feliz Natal!"

Josef forderte alle freundlich dazu auf, zuzugreifen. Das Essen schmeckte fremd und ungewöhnlich würzig, aber gut. Sogar Mia, die ansonsten immer am Essen herummäkelte, aß eine ordentliche Portion. Sie saß auf Papas Schoß und flüsterte ihm ins Ohr:

„Wann öffnen wir die silberne Kiste?"

Auch Cleo wurde allmählich ungeduldig. „Ja, wann gibt es Bescherung?", rief sie.

„Woher hast Du die Kiste eigentlich?", fragte Marlene.

„Das würde mich auch interessieren", sagte Mama.

„Ich war noch einmal am Flughafen und habe einen Mitarbeiter gebeten, das Fundbüro abzusuchen. Dort landen alle verlorenen Koffer und Taschen. Und da stand tatsächlich unsere Kiste, ganz hinten in der Ecke."

„Dann hat das Christkind also doch bis nach Afrika gefunden!", sagte Cleo zufrieden.

„Lasst uns jetzt die Geschenke auspacken!", jubelte Mia.

„Aber, ist das nicht für Nabila, Kofi und Jojo ein bisschen traurig, wenn wir Geschenke bekommen und sie nicht?", fragte Marlene.

„Bekommen sie denn keine Geschenke?" Mia riss die Augen auf. Weihnachten, ohne dass man sich eine Freude machte? Das konnte sie sich gar nicht vorstellen.

„Das weiß ich leider nicht", sagte Papa und öffnete die silberne Kiste. Obenauf lagen rote Kerzen, bunte Glaskugeln und eine große Packung Lebkuchen.

„Kerzen, wie schön, die zünden wir gleich an!", sagte Mama.

„Mit den Kugeln können wir den Baum weiter schmücken!", freute sich Marlene.

„Und die Lebkuchen essen wir zum Nachtisch", jubelte Cleo.

Weiter unten in der Kiste lagen drei in buntes Papier gewickelte Pakete. Nun gab es für Mia, Cleo und Marlene kein Halten mehr. Das Christkind hatte sich tatsächlich an den Wunschzettel der Mädchen gehalten. Cleo packte den Playmobil-Zirkus aus, Mia wickelte die heiß ersehnte Puppe mit dem blauen Rüschenkleid aus dem Papier und Marlene bekam das Märchenbuch mit den vielen schönen Bildern, das sie sich gewünscht hatte. Die drei Schwestern freuten sich. Mit großen Augen bestaunten Nabila, Kofi und Jojo die Geschenke der Mädchen.

„Solche Spielsachen kennen viele Kinder hier nicht.", erklärte Mama. „Oft haben sie nur selbstgemachtes Spielzeug."

„Dann schenke ich Nabila meine Puppe!", sagte Mia spontan.

„Ich hab ja zuhause genügend andere Puppen."

Mama schluckte. „Das ist sehr lieb von Dir."

Marlene schloss sich ihrer Schwester an und schenkte Kofi das bunte Buch. Cleo zögerte einen Augenblick lang. Doch dem sehnsüchtigen Blick von Jojo konnte sie nicht widerstehen und sie überreichte ihm die Playmobiltiere. Die Augen der Kinder strahlten um die Wette. Nabila, Jojo und Kofi freuten sich über die schönen Spielsachen und Marlene, Mia und Cleo waren glücklich, weil sie ihnen eine Freude bereitet hatten.

Auch die Eltern und Josef machten frohe Gesichter. Mama zündete die roten Kerzen an, während Josef im Haus verschwand. Es war inzwischen dunkel geworden, die Sterne funkelten wie am Vorabend, aber es war immer noch heiß. Als Josef wieder aus der Hütte kam, hielt er drei weitere kleine Päckchen im Arm und überreichte sie den drei Mädchen. Sie waren in Zeitungspapier, statt in buntes Geschenkpapier eingewickelt, aber es waren ganz offensichtlich Weihnachtsgeschenke. Auf jedem Paket klebte ein glitzernder Stern. Eifrig wickelten die Mädchen die Päckchen aus und staunten.

Mia freute sich ungemein über eine bunte Stoffpuppe, die mit einem goldenen Reifen um den Hals geschmückt war. Sie trug lange Haare aus schwarzen Wollfäden, die über und über mit Perlen bestickt waren. Cleo fand in ihrem Päckchen ein kunstvoll verziertes Musikinstrument, das an ein Xylophon erinnerte und Mbira hieß. Marlene hatte ein Spielbrett mit bunten Glassteinchen bekommen, mit dem man das Spiel Kalaha spielen konnte. Nun leuchteten die Augen der drei europäischen Mädchen und keines konnte sich sattsehen an den exotischen Spielsachen. Josefs Töchter begannen zu singen. Zweistimmig gaben sie ein Weihnachtslied zum Besten, das Mama, Papa und die Mädchen schon einmal in einem Gospel-Konzert gehört hatten.

„Oh holy night, the stars are brightly shining. It is the night of our dear savior's birth".

Zu Leratos heller Sopranstimme und Busisiwes volltönendem Alt gesellten sich der Tenor von Beka-banthu und Josefs brummiger Bass. Andächtig lauschte die deutsche Familie.

„Wie gefällt Euch unser außergewöhnliches Weih-nachten?", flüsterte Mama.

„Alles ist anders als zuhause, der Baum, das Essen, die Spielsachen, aber es ist trotzdem schön", sagte Marlene. „Und die Menschen in Afrika sind so nett."

„Vor allem haben wir das Christkind gefunden", ergänzte Mia zufrieden.

„So? Wo ist es denn?", fragte Papa.

„Da!" Mia deutete auf Josef.

„Du meinst, Josef ist das Christkind?" Mia nickte.

„Er hat doch unsere Geschenke gebracht, also muss er das Christkind sein. Auch wenn er keine Engels-flügel hat." Papa, Mama, Mia, Cleo und Marlene blickten auf den alten Mann mit den freundlichen

Augen und der Halbglatze, der mit seiner tiefen Bass-stimme noch immer aus vollem Halse sang. Er hatte so gar nichts gemein mit der europäischen Vorstellung von einem blond gelockten Engel. Aber er hatte dafür gesorgt, dass sechs Kinder glücklich waren und zwei vollkommen fremde Familien miteinander Weihnachten feierten.

„Ja", dachten sie. „Das muss das Christkind sein."

4 Der Weihnachtsengel

Auf dem Weihnachtsmarkt herrscht reges Treiben. St. Nikolaus verteilt großzügig seine Gaben an die Kinder. Knecht Ruprecht droht und erschreckt mit seinem Knüppel die kleinen und großen Leute. Das Christkind versucht, ihn zu besänftigen. Sie begrüßen die Kinder und deren Eltern. Geben ihnen artig die Hand. Das Christkind streicht Kindern sanft über die Haare und legt mal beruhigend eine Hand auf den Arm eines Elternteils oder auf den Rücken. Knecht Ruprecht schneidet derweil wilde Fratzen, springt immer mal dazwischen. Zerrt den umstehenden Passanten neckisch an den Kleidern. Sobald die Blicke in die gewünschte Richtung wandern, haben der Nikolaus und das Christkind leichtes Spiel. Mit raschen und geschickten Bewegungen gleiten ihre freien Hände in Mäntel und Taschen.

Während sich der Innensack mit den kleinen Spielsachen und Süßigkeiten allmählich leert, sammeln sich Brieftaschen und Handys in der anderen, eigens dafür eingenähten Öffnung des Außensackes.

So geht das eine ganze Weile reibungslos.

Bis dem Nikolaus der Magen anfängt zu knurren. Kein Wunder, da ihm ständig Leute mit Bratwürstchen im Brötchen begegnen. Er muss dringend was essen, denkt er, sonst kippt er womöglich noch aus den eng geschnürten Lederschuhen. Sein Blick sucht Knecht Ruprecht und das Christkind. Beide haben sich scheinbar eine kurze Pause gegönnt. Sie lehnen erschöpft an einer der zahlreichen Holzbuden. Sie tuscheln angeregt miteinander. Wahrscheinlich reden sie gerade darüber, wie sie die Beute aufteilen werden. Er will gerade seinen „schweren" Sack schultern, als er von hinten derb angerempelt wird. Das Gesetz der Schwerkraft zwingt ihn auf den nassen Betonboden. Zu seinem Glück landet er ausgesprochen weich auf einer schwergewichtigen Frau, welche er bei seinem unkontrollierten Sturz mit umgerissen hat. Die schreit ihn allerdings böse an: „Sie Wüstling, das haben Sie absichtlich gemacht. Wenn Sie nicht sofort von mir ablassen, zeige ich Sie an wegen versuchter Vergewaltigung." Edgar alias Nikolaus ist perplex angesichts der ungerechten Anschuldigung. Er versucht sich, so rasch es ihm möglich ist, von der schwabbeligen Frau zu befreien. Als es ihm endlich gelingt, zwinkert sie kurz verschwörerisch mit dem linken Auge. Er weiß nicht, ob sie ihn meint oder jemand anderes, den er nicht sehen kann.

Er entschuldigt sich mehrfach, sichtlich zerknirscht wegen der zahlreichen Gaffer, bei der dicken Frau. Versucht, ihr beim Aufstehen zu helfen. Was sie mit einer brüsken Handbewegung ablehnt.

Er wartet, bis auch die Frau, deren breiter Rock nach oben gerutscht ist, eben diesen glatt gestrichen hat, bevor sie sich schwerfällig hochrappelt. Sie stöhnt, für alle Zuschauer laut, als wäre sie schwer verletzt.

Als sie schließlich schwer keuchend und leicht schwankend auf ihren säulenartigen Beinen steht, entschuldigt sich Edgar erneut. Er will ihr die Hand reichen. Stattdessen erhält er eine schallende Ohrfeige. Mittlerweile hat sich ein kleiner Kreis von Schaulustigen gebildet. Viele von ihnen lachen, als sich Edgar die rot gewordene Backe reibt. Die dicke Frau bahnt sich wütend mit ihren fleischigen Armen einen Weg durch den Kreis der Zuschauer und verschwindet in der Menge.

Edgar kann endlich nach seinem Sack Ausschau halten. Der steht doch tatsächlich noch da, wo er ihn abgestellt hat. Es gibt doch noch ehrliche Leute, denkt er und steuert drauf hinzu.

Er greift rasch in den verborgenen Außenteil des Sackes und erstarrt. Er ist leer. Nun tastet er den inneren Teil des Sackes, wo sich die Gaben für die Kinder befanden, vorsichtig ab. Er ist ebenfalls leer, bis auf ein Blatt Papier. Was er mit spitzen Fingern hervorkramt. Auf dem weißen Blatt steht in schwarzen, aus einer Zeitung ausgeschnittenen Buchstaben: „Ab sofort arbeitet ihr für mich. Morgen Abend 17 Uhr Weihnachtsmarkt Hollenfeld. Wenn nicht, werde ich der Polizei einen Tipp geben. Der Weihnachtsmann lässt grüßen."

Edgar blickt sich hastig nach allen Seiten um. Sieht gerade noch einen Weihnachtsmann, mit rotem Mantel und weißem langen Bart und geschultertem Sack, hinter einer Weihnachtsbude verschwinden. Er ver-

sucht sich, so schnell er kann, durch die Menschen-
mengen vor den Buden zu zwängen. Schaut sich ver-
geblich nach Knecht Ruprecht alias Walter und dem
Christkind alias Tanja um. Kann sie in dem dichten
Gedränge nirgends erkennen. Greift nach seinem
Handy, was zu seiner Überraschung nicht mehr in der
Tasche seines Mantels ist. Muss ich wohl bei dem
Sturz vorhin verloren haben. Überlegt für einen
Moment, ob er danach suchen soll. Zwängt sich
zurück zu der Stelle, wo er glaubt, auf der fetten Frau
gelandet zu sein. Er muss es finden, bevor es in
fremde Hände gelangt, denkt er. Verzweifelt versucht
er, zwischen den vielen Beinen der Menschen etwas
zu erkennen. Gerade als er glaubt, es gefunden zu
haben, sieht er eine Hand danach greifen. Er ist noch
zu weit weg davon, um danach zu fassen. Hört nur,
wie die Hand das Handy aufhebt und zwischen den
Beinen der Leute verschwindet.

Kurz darauf vernimmt er einen vertrauten Klingelton, ganz in seiner Nähe. Edgar dreht sich in die Richtung, aus der er glaubt, seinen Klingelton gehört zu
haben.

Er hört eine junge Frauenstimme in sein Handy
sagen: „Ja, geht in Ordnung, ich kümmere mich drum.
Wasch schon mal den Salat und stell den Kartoffelauflauf in den Backofen. Bin gleich da."

Edgar versteht nicht ganz den Zusammenhang. Wie
kommt eine wildfremde Frau dazu, mit seinem Handy
ein solch vertrautes Gespräch mit jemandem zu

führen? Er geht auf die Frau zu und bleibt dicht vor ihr stehen. Sie lässt sein Handy in eine bunte Stofftasche fallen und zwinkert ihm, genau wie die dicke Frau, mit einem Auge zu. Dann verschwindet sie rasch in der Menge.

Edgar ruft ihr hinterher: „So warten Sie doch. Das ist mein Handy." Doch die junge Frau hört ihn nicht mehr. Was soll dieses ständige Augenzwinkern bedeuten, fragt sich Edgar. Wissen die etwa alle mehr Bescheid als ich? Fragt sich bloß über was. Er sucht noch eine Weile vergebens nach Walter und Tanja. Dann geht er mit vor Angst pochendem Herzen nach Hause. Unterwegs fällt ihm ein, dass Walter und Tanja hinter der seltsamen Geschichte stecken könnten.

Das muss er schleunigst herausfinden. Am besten, die beiden direkt zur Rede stellen. Sie wohnen in der Nähe. Mit schnellen Schritten erreicht er Walters Haus. Alle Fenster sind dunkel, nur der Tannenbaum im Vorgarten ist weihnachtlich beleuchtet. Nichts rührt sich, als Edgar klingelt.

Also gut, dann wird er bei Tanja nachsehen. Sie wohnt in einem Mehrfamilienhaus, nicht weit von hier. Er hat Glück, die Haustür ist nicht verschlossen. Vor ihrer Wohnungstür bleibt er stehen und lauscht. Er hört Tanja reden, laut und erregt. Da ist nichts mehr zu hören von dem engelsgleichen Singsang, den sie sich als Christkind antrainiert hat. Edgar kann aber nichts verstehen, also klingelt er. Fast rechnet er nicht mehr damit, dass ihm geöffnet wird, will sich schon wieder umdrehen, da wird die Tür mit einem Ruck aufgerissen.

„Du? Was willst Du hier?!", fährt Tanja ihn an.

„Das weißt Du ganz genau! Ich will wissen, was für ein abgekartetes Spiel hier läuft!", keift Edgar zurück.

„Abgekartetes Spiel? Der Einzige, der Spielchen spielt, bist du!", Tanjas Stimme überschlägt sich fast. Edgar erhascht einen Blick auf den Küchentisch. Dort sitzt Walter vor einer Flasche Bier. Auf dem Tisch steht eine Schüssel Salat und eine Auflaufform. Kartoffelauflauf! Das kann kein Zufall sein!

„Was zur Hölle geht hier vor?", poltert Edgar.

„Hah! Du bist wohl eher *uns* eine Erklärung schuldig! Wirfst Dich der fetten Qualle auf dem Weihnachtsmarkt an den Hals, übergibst ihr heimlich unsere Tagesbeute und wir gehen leer aus! Ich hätte nie gedacht, dass du ein so falsches Spiel mit uns spielst", ereifert sich jetzt Walter in bester Knecht-Ruprecht-Manier.

„Wer ist dieser übergewichtige Weihnachtsengel und warum machst Du gemeinsame Sache mit ihr?", geifert Tanja.

Bevor Edgar dazu kommt, alles richtigzustellen, schlägt Tanja ihm die Tür vor der Nase zu. Edgar hämmert dagegen und schreit „Ich kann überhaupt nichts dafür!" Die Tür bleibt verschlossen und wie ein begossener Pudel schleicht Edgar die Treppe hinunter und aus dem Haus.

Er denkt über das ganze Geschehen nach und erinnert sich daran, was auf dem Zettel im Sack stand. „Morgen Abend 17 Uhr Weihnachtsmarkt Hollenfeld." Dort muss er herausfinden, wer hinter der mysteriösen Geschichte steckt!

Die Stunden bis zum nächsten Nachmittag wollen nicht vergehen, doch dann ist es endlich soweit. Mit der S-Bahn macht sich Edgar auf den Weg, grübelt die ganze Fahrt über vor sich hin und starrt auf den Boden. Die junge Frau, die neben ihm gesessen hat, hat er nicht ein einziges Mal angesehen. Erst als sie aussteigt, wirft er ihr einen flüchtigen Blick zu und erkennt sie: Das ist die Frau, die gestern mit seinem Handy telefoniert hat. Sie zwinkert ihm wieder zu. Doch bevor er aufspringen kann, um ebenfalls auszusteigen, fährt die Bahn schon wieder weiter. „Verflucht!", schimpft Edgar. Die anderen Fahrgäste sehen ihn vorwurfsvoll an. Dann endlich, die Ansage des Fahrers. „Nächste Haltestelle: Hollenfeld."

Er springt als Erster aus der S-Bahn. Als Nikolaus muss er aber langsam gesitteter werden, überlegt er. Könnten ja Kinder in der Nähe sein, die ihn beobachten. Mit betont würdevollen Schritten geht er mit seinem leeren Sack in Richtung Weihnachtsmarkt. Edgar will sich seine Beute zurückholen und Tanja und Walter beweisen, dass er unschuldig war an dem ganzen Debakel.

Der Markt ist gut besucht, es wird langsam dunkel, die Lichterketten leuchten und der Geruch von Lebkuchen und gebrannten Mandeln vermischt sich mit dem von altem Bratfett. Bratwürstchen, denkt Edgar. Er hat immer noch keines gegessen. Wie kam er nur auf die Idee, sich für diesen Job zu bewerben. Angestrengt hält er Ausschau nach der dicken Frau, der jungen blonden Frau mit seinem Handy und einem weiteren Weihnachtsmann. Das muss der Helfershelfer sein.

Ein kleiner Junge kommt auf ihn zu und lächelt. „Guten Abend, lieber Nikolaus!" Edgar bekommt ein schlechtes Gewissen. „Hallo Kleiner. So viele Kinder waren schon bei mir heute, ich weiß gar nicht, ob…" Edgar fingert in seinem Sack und zaubert tatsächlich noch eine kleine Packung Schoko-Weihnachtsmänner hervor. Der Junge strahlt. „Vielen Dank, Nikolaus!"

Stolz marschiert er zu seiner Mama und verschwindet mit ihr im Gedränge. Halt, das war doch die junge Frau, die ihm in der S-Bahn zugezwinkert hat, und die wohl auch sein Handy hat! Jetzt ist es mit seinen würdevollen Schritten aber vorbei. Er nimmt die Verfolgung auf und zwängt sich durch die Menge. Die junge Frau trägt eine weiße Pudelmütze, er sieht sie in Richtung Karussell gehen. Da wird er sie stellen, mit dem Jungen kann sie nicht so schnell sein, denkt er sich. Es trennen ihn nur noch ein paar Meter. Edgar läuft schneller, doch plötzlich bleibt sein Nikolausmantel irgendwie stecken. Bevor er über die Ursache nachdenken kann, rutscht er mit seinem langen weißen Bart nach vorne auf dem regennassen Kopfsteinpflaster aus. Nicht schon wieder, denkt er. Das gibt es doch gar nicht.

Als er etwas benommen wieder aufsteht, schaut er direkt in das schwabbelige Gesicht der fetten Frau von gestern. „Na endlich!", meckert sie. „Das wurde aber auch Zeit!"

Edgar erstarrt.

Kein Zwinkern diesmal. Stattdessen fühlt er sich am Ellbogen gepackt und durch die Menge geleitet. „Guck nicht so, als würdest du entführt werden!", zischt es aus dem Mund der dicken Frau. „Aber das werde ich ...", setzt er zu einer Erwiderung an. Weit kommt er jedoch nicht damit. Die Frau ruckt unerbittlich an seinem Arm und zwingt ihn weiterzugehen - weg von der jungen Blonden mit Kind und weißer Pudelmütze und seinem Handy, hinaus aus dem Weihnachtsmarkt-Gelände, auf einen von Bäumen abgeschirmten Radweg am östlichen Rand von Hollenfeld, auf ein Gebäude zu .... Oh nein, oh nein. Er hat das Gefühl, dass sich hier Geschichte wiederholt. In diesem Gebäude war er als junger Mensch einmal sehr glücklich gewesen und dann sehr unglücklich geworden. Es ist eine ehemalige Brauerei, sie steht seit Jahrzehnten leer, ein Wunder, dass sie noch nicht abgerissen oder von selbst zusammengefallen ist. Jetzt bloß nicht irgendwelche Gefühle anmerken lassen!

„Verdammt, was ist das hier für ein Scheiß-Spiel?", herrscht er die Frau an, die ihn nach wie vor in eisernem Griff hat. Kampfsportlerin wahrscheinlich, denkt er, Disziplin Sumo-Ringen, fügt er seinen Gedanken sarkastisch hinzu, aber alle Selbstaufheiterungsversuche schlagen fehl, er muss an ihrer Seite weiter gehen, unaufhaltsam auf das fatale Gebäude zu.

Zu seiner Erleichterung dreht die Frau aber, kurz bevor sie es erreichen, nach rechts ab, und sie befinden sich unversehens vor einem Stolleneingang, mit Stahltür und dickem, schwerem Vorhängeschloss. Die Frau holt einen riesigen Schlüssel aus den Tiefen ihrer Kleidung - hier ist irgendwie alles überdimensioniert, denkt er - und schließt auf. Als sie hindurch sind und einen langen, tropfenden, kalten, nur spärlich erleuchteten Gang entlang gehen, fragt Edgar sich kurz, wer draußen dann wohl wieder zusperrt. Er ruft sich selbst zur Ordnung: *Das* sollte ja wohl nicht sein Problem sein. Nach ca. 300 Metern sieht er vor sich nur noch Dunkel, da gibt es keine Beleuchtung mehr, aber seine Aufseherin bugsiert ihn nach rechts, wo er im schwachen Restlicht eine weitere Stahltür erkennt.

„Göttin des Lichts", knurrt seine Aufseherin - offenbar waren die, die das Passwort eingerichtet haben, romantischer veranlagt als sie -, und die Tür springt auf.

Als sie hineinkommen, traut Edgar seinen Augen nicht. Der Raum hat bestimmt 150 Quadratmeter, ist voll ausgeleuchtet, an den Wänden stehen Regale, darauf in Kisten, Gläsern und Körben eine Auswahl an Süßigkeiten und Kleinspielzeug, wie sie die Welt noch nicht gesehen hat.

„Computer, zeig den Bildschirm!", befiehlt seine Wärterin barsch. Ein großer Bildschirm auf einem Tisch in der Mitte des Raumes erwacht zum Leben und zeigt - Edgar kann es nicht glauben: Die Ausbeute von gestern, die Ausbeute, die Tanja, Walter und er in mühseliger Arbeit im Nikolaus-Sack gehortet hatten! Er erinnert sich an jedes einzelne Stück, der Schatz scheint zum Greifen nah, aber es ist doch nur ein Foto auf einem Bildschirm.

Sein Gehirn arbeitet auf Hochtouren, mal wieder erfolglos. Edgar kann sich beim besten Willen keinen Reim darauf machen, was das Ganze soll. Ist er in eine Verschwörung hineingeraten? So in der Art, dass Weihnachten auf der ganzen Welt von einer Sekte kontrolliert wird, an deren Spitze der Präsident von Kuriosistan steckt?

Schweiß rinnt in Sturzbächen seinen Rücken hinunter. Seit Jahren werden immer wieder großangelegte Verschwörungen aufgedeckt. Von Leuten, die kritisch denken, die sich nicht anpassen wollen. Von Leuten, die die Welt vor dem Untergang retten werden. Edgar weiß aus eigenen Erfahrungen, dass in jeder Verschwörungstheorie nicht nur ein Fünkchen, sondern oft eine ganze Wagenladung Wahrheit steckt. Er ist stolz darauf, dass er sich noch nie und von niemandem für dumm verkaufen ließ. Denn, welche Erklärung sollte es dafür geben, dass *ein* Weihnachtsmann sich an vielen Orten gleichzeitig aufhalten kann, um sich durch Schornsteine zu quetschen und Geschenke zu hinterlassen? Das müsste eine Mafia sein, deren Helfershelfershelfer sich in einem riesigen Stollensystem unter der Stadt aufhielten und über ihre auf allen Weihnachtsmärkten der Welt installierten Kameras Menschen überwachten. Dabei muss es ihnen klar wie Kloßbrühe aufgefallen sein, dass ihr Trio, also der Nikolaus, Knecht Ruprecht und das Christkind, in irgendeiner Weise beim Weihnachtsgeschäft mitmischen.

Edgar jappst nach Luft, bald wird er ersticken. Sie haben ihn einem gasförmigen Gift ausgesetzt, mit dem niederträchtigen Ziel seiner Vernichtung. Damit er nicht ganz ahnungslos stirbt, zeigen sie ihm die Bilder ihrer Missetaten. Edgar versteht die Botschaft: Niemand pfuscht in ihr Weihnachtshandwerk. Doch für Reue ist es zu spät. Die dicke Wärterin wird ihn zerstören, wie die Wespen eines Wespennests, das von einem Insektengift eingenebelt worden ist. Denn dass er sich, wenn auch nur für Sekunden, in ihrer Sektenzentrale aufgehalten hatte, ist sein Todesurteil. Wenn man stirbt, ziehen die wichtigsten Bilder des Lebens an einem vorbei, hat Edgar einmal gelesen.

In diesem Moment sieht er sich als Kind mit hochroten Wangen auf einem Schlitten sitzen und eine Riesenportion Zuckerwatte hinunterschlingen. Bei diesem Bild zieht ihm Glühweinduft in die Nase und daraufhin erscheint das reizende Gesicht einer Verkäuferin, die ihm eine Tasse eines dampfenden Getränks herüberreicht. Darüber schiebt sich das Abbild eines riesigen dürren Tannenbaumskeletts, das sich auf einem Weihnachtsmarkt eher peinlich als feierlich präsentiert.

Moment mal, das ist nicht sein bisheriges Leben. Edgar blinzelt und plötzlich wird ihm bewusst, dass er immer noch auf der dicken Frau liegt. Schmerzhaft meldet sich eine Stelle am Kopf. Er muss ihn sich am Schlitten des Kindes aufgeschlagen haben, als er zu Boden gegangen war. In dem Moment schreit die Ex-Wärterin: „Helft mir endlich diesen miesen Kerl von mir herunterzubekommen, ich will nicht bis morgen früh hier auf dem Pflaster liegenbleiben."

Mühsam rappelt sie sich auf und erneut wird Edgars Kopf in Mitleidenschaft gezogen. Nur, dass es dieses Mal nicht der Schlitten, sondern das Pflaster, ähm, der nackte Boden der Tatsachen ist.

Hände greifen nach ihm und setzen ihn an die Wand einer Brezelbude. Die beiden Gesichter kennt er. Erleichtert gelangt ein Seufzer aus den Tiefen seines Inneren in die Winterluft. Vor ihm stehen das Christkind alias Tanja und Knecht Ruprecht alias Walter.

„Wir haben die Sachen aufs Fundbüro gebracht", erklärt die dicke Frau ruhig. Jetzt versteht Edgar überhaupt nichts mehr.

Walter meint: „Du warst eine ganze Zeitlang weggetreten. Wir haben dich auf der Frau liegenlassen, weil wir nicht wussten, wie wir dich lagern sollten."

Lächelnd fügt er hinzu: „So hast du auch schön weich gelegen."

Stotternd sagt Edgar, an die dicke Frau gewandt: „Entschuldigen Sie bitte, …es war ein Versehen. Irgendjemand hat mich geschubst."

„Na ja", antwortet diese, schon etwas ruhiger, „kann ja mal passieren. Hier herrscht ja auch ein ziemliches Gedränge. Vielleicht war der Sturz ja ganz heilsam. Manchmal braucht man einen kräftigen Anstoß, um wieder auf den richtigen Weg zurückzufinden. Macht es gut – nein, besser! Ich wünsche euch ein frohes Fest."

Das klingt irgendwie sehr merkwürdig, denkt Edgar. Was will sie damit sagen?

Er schaut ihr nach, wie sie in der Menschenmenge untertaucht und verschwindet. Für einen ganz kurzen Augenblick glaubt er, ein silberhelles Lachen zu hören.

Dann steht er auf und zieht mit seinen Kumpanen von dannen. Doch als sie sich im nahegelegenen Park auf eine Bank setzen und nach ihrer Beute sehen wollen, müssen sie erstaunt feststellen, dass ihr Geheimfach im Außensack leer ist!

„Das verstehe ich nicht!", schreit Walter zornig. „Warst du das, Tanja?"

„Nein, wann soll ich das denn getan haben?"

„Aber seht mal", ruft Edgar erstaunt, „der Sack ist randvoll gefüllt mit Süßigkeiten und Spielzeug. Wir haben doch fast alles verteilt. Sehr seltsam!"

Eine Weile schweigen sie und versuchen, eine Erklärung zu finden.

Plötzlich blitzt eine Idee in Edgar auf: „Ihr werdet mich für verrückt halten, aber ich glaube, ich kenne die Lösung! Die dicke Frau war eine Art *Weihnachtsengel*, der uns von der schiefen Bahn abbringen wollte. Und weil ja bald Weihnachten ist, hat sie uns noch eine letzte Chance gegeben – sozusagen als Weihnachtsgeschenk! Jetzt verstehe ich auch, was sie gemeint hat. Sie hat gesagt, dass die Sachen auf dem Fundbüro seien. Dann hat sie noch gemeint, dass ein Sturz auch ganz heilsam sein könne und dass man manchmal einen kräftigen Anstoß brauche, um wieder den richtigen Weg zu finden. Zum Schluss hat sie gesagt: Macht es gut – nein, besser! Ich werde morgen jedenfalls als richtiger Nikolaus auf dem Weihnachtsmarkt sein und den Kindern die Geschenke und Süßigkeiten geben, ohne Geldbörsen und Handys zu klauen."

Die beiden lachen laut.

Doch dann erzählt ihnen Edgar noch seine „Erlebnisse" während seiner Bewusstlosigkeit. Da geraten sie ins Grübeln.

Am nächsten Tag stehen die drei wieder in der Fußgängerzone und verteilen kleine Geschenke und Süßigkeiten an die vielen Kinder.

Doch so oft sie auch in den Sack greifen, er wird nie richtig leer ….

5 Weihnachten mit Hindernissen

„Markt und Straßen stehn verlassen
Still erleuchtet jedes Haus
Sinnend geh ich durch die Gassen
alles sieht so festlich aus."
(Joseph von Eichendorff, Weihnachten)

Markt und Straßen voller Massen
bunt geschmückt ist jedes Haus
Menschen hetzen durch die Gassen
nein, sie können es nicht lassen
kaufen ein
für Groß und Klein
immer größer, schöner, teurer
müssen die Geschenke sein.

„So müsste man dieses schöne, alte Weihnachtsgedicht heutzutage schreiben", dachte sich Helga, eine Frau um die dreißig, als sie über den Weihnachtsmarkt ihrer Stadt schlenderte.

Dicht gedrängt schoben sich die Menschen zwischen den vielen Ständen hindurch. Es roch nach Glühwein, Bratäpfeln, Zimt und Nelken – aber auch nach Bratwurst und Pommes. Jede zweite Bude bot etwas zum Essen an. Manchmal vernahm sie Bruchstücke von Weihnachtsliedern. Die Auswahl an den üblichen Weihnachtsmarktartikeln war riesig, obwohl es kaum etwas Neues gab.

Traurig dachte sie an ihre drei Kinder, denen sie dieses Jahr nicht viel zu Weihnachten bieten konnte.

Vor einigen Monaten war ihr Mann spurlos verschwunden, und seitdem lebte sie von Hartz 4.

Doch davon würde sie sich nicht unterkriegen lassen. Schon gar nicht jetzt in der Weihnachtszeit. Sollte doch Marcus bleiben, wo der Pfeffer wächst. Sie käme auch ohne ihn zurecht. Schließlich hatte sie immer noch eine abgeschlossene Ausbildung als Hotelfachfrau. Wehmütig dachte Helga an die Zeit, als sie in ihrer schicken Uniform im Restaurant des angesehenen Hotels die vielen Gäste bedient hatte.

Wie leicht es ihr gefallen war, immer nett und höflich zu sein.

Helga blieb vor einem Glühweinstand stehen und beobachtete die Menschen, die gut gelaunt, in dicke Wintermäntel und Mützen gehüllt, ihre heißen Tassen in den Händen hielten.

Da kam ihr eine Idee. Sie würde mit Miriam, Nelly und dem kleinen Pascal aus den Umzugskartons, die noch in großer Zahl im Keller lagerten, Weihnachtssterne basteln. Die stammten aus der Zeit, als Marcus bei einer Firma gearbeitet hatte, welche Haushalte auflöste.

Sie würde nur noch verschiedene Farben benötigen, um die Sterne entsprechend anzumalen. Wo sie die Farben herbekam, wusste Helga bereits. Ihr Vater war Malermeister von Beruf. Er hortete alle möglichen Reste davon in seiner Werkstatt.

„Man kann ja nie wissen, wofür und wann sie noch mal zu gebrauchen sind", pflegte er oft zu sagen.

Und jetzt ist der Zeitpunkt gekommen, um manche der vielen Farbeimer endlich mal zu leeren, dachte sich Helga gut gelaunt. Gleich heute Mittag, wenn Miriam und Nelly von der Schule kämen und sie Pascal vom Kindergarten abholen müsste, würde sie mit allen dreien bei ihren Eltern anrücken. Vorher musste sie allerdings ihren Vater anrufen, um ihm zu sagen, dass sie um die Mittagszeit mal kurz vorbeischauen würde. Normalerweise kam ihr Vater, wenn er nicht gerade einen weiter entfernten Auftrag angenommen hatte, mittags zum Essen nach Hause. Helga erreichte ihn. Er war auf der Arbeit, wo auch sonst. Er sei heute Mittag für eine Stunde zuhause. Freue sich auf ihren Besuch und die Kinder. Was denn so Wichtiges zu besprechen sei, fragte er erstaunt. „Es ist eher eine Bitte an dich, die du mir hoffentlich erfüllen kannst, wenn ich komme." Helga hielt sich bedeckt.

„Na dann bin ich ja mal gespannt", sagte ihr Vater und unterbrach das Gespräch.

Helga war es ein wenig flau im Magen, als sie daran dachte, wie sie ihrem Vater, der einen kleinen Betrieb führte, am besten ihre Geschäftsidee erklären sollte.

Ihr fiel ein, dass sie ja noch einen Tisch für die Präsentation der Weihnachtssterne und eine Bank für sich und die Kinder brauchte. Und sie sollte auf der Gemeinde nachfragen, ob sie eine Standgebühr bezahlen müsste, wenn sie ihre Ware auf dem Weihnachtsmarkt zum Verkauf anbieten würde.

Sie kannte Susanne, die Vorzimmerdame des Bürgermeisters, aus ihrer gemeinsamen Schulzeit. Sie würde bestimmt ein gutes Wort für sie einlegen. Schließlich wusste sie ja über ihre derzeitige Situation Bescheid.

Helga verließ eilig den Weihnachtsmarkt. Sie schlängelte sich durch die vielen Menschen hindurch. Im Hintergrund hörte sie ein sehr bekanntes Weihnachtslied: „Stille Nacht, Heilige Nacht". Erst traten ihr Tränen der Rührung bei dem wohl schönsten aller Weihnachtslieder in die Augen. Und dann hatte sie gleich eine zweite, noch weitaus bessere Idee. Gemeinsam mit Miriam und Nelly, die beide begeisterte Sängerinnen waren, würden sie Weihnachtslieder singen. Wofür war ihr jahrelanges Singen im Gesangverein denn gut gewesen, wenn nicht für den Weihnachtsmarkt? Das wäre doch gelacht, wenn die Leute nicht stehenblieben, um den glockenhellen Stimmen ihrer beiden Mädchen und ihrer kräftigen Sopranstimme zu lauschen! Und wenn sie von den zauberhaften Tönen gerührt und ergriffen wären, würden sie bestimmt ihre liebevoll selbstgebastelten und bemalten Weihnachtssterne verkaufen können.

Am Mittag holte Helga Pascal vom Kindergarten und die Mädchen von der Schule ab. Die drei freuten sich auf den Besuch bei Oma und Opa. Auf dem Weg dorthin berichtete Helga ihren Kindern von ihrem

Plan. Miriam und Nelly waren sofort Feuer und Flamme, denn sie bastelten und sangen gerne. Pascal schien noch nicht so richtig überzeugt.

Die Großeltern begrüßten die Kinder freudig. Die Oma hatte ein paar zusätzliche Pfannkuchen gebacken. Während des Essens fragte Helgas Vater nach dem Grund ihres Besuches. Helga verschluckte sich fast. Was würde ihr Vater von ihrem Plan halten? Dennoch gelang es ihr, anschaulich zu erklären, was sie vorhatte. „Und zum Basteln brauche ich ein paar Farbreste von dir", schloss sie ihren Bericht.

Wie erwartet reagierte ihr Vater mürrisch. „Die Farbreste kannst du haben, aber ich frage mich, ob meine Tochter es wirklich nötig hat, um Almosen zu betteln", brummte er.

Helga ließ den Kopf sinken. Aber da hatte sie nicht mit ihrer Mutter gerechnet. „Was heißt da Almosen! Helga und die Kinder machen den Menschen zur Weihnachtszeit eine Freude. Das ist doch großartig. Wenn dabei ein kleines Taschengeld übrig bleibt - umso besser. Und die ollen Farbtöpfe kommen endlich mal weg."

Sie wandte sich an Helga. „Meine Unterstützung hast du. Du kannst unseren alten Gartentisch und den Pavillon für den Stand haben. Ich nähe euch zum Singen Engelskostüme. Ich habe genügend Stoff- reste." Sie nickte den Kindern zu. „Ich mache auch Flügelchen dran."

Miriam und Nelly nickten begeistert. Pascal wusste immer noch nicht so recht, was er davon halten sollte.

Bepackt mit Farbresten traten die vier den Heimweg an. Helga bekam noch einmal einen kurzen Anflug von Zweifel, ob ihr Projekt erfolgreich sein würde, aber sie wischte alle schlechten Gedanken beiseite. Zuhause begann sie gleich, mit den Kindern zu basteln. Helga zeichnete vor, die Kinder schnitten die Sterne aus und bemalten sie.

Innerhalb eines Tages hatten sie 72 Sterne in allen Größen gebastelt, die Farbtöpfe waren leer und der Stapel mit den Umzugskartons hatte abgenommen. Die städtische Genehmigung zum Verkauf hatte sie dank ihrer Beziehungen zu Susanne ebenfalls erhalten. So kam es, dass Helga und die Kinder schon bald in Engelskostümen vor einem hübsch dekorierten Tisch auf dem Weihnachtsmarkt standen und mit lieblichen Stimmen Weihnachtslieder sangen. Nur wenige Leute blieben stehen und betrachteten die Sterne, die meisten hasteten vorbei. Niemand kaufte etwas. Der Nachmittag verging und obwohl die Sterne zu einem günstigen Preis zu haben waren, war noch kein ein einziges Exemplar verkauft worden.

Helga war enttäuscht und zornig, und um ihrem Ärger Luft zu machen, stimmte sie ein weiteres Weihnachtslied an, jedoch mit geändertem Text.

Stille Nacht, eilige Nacht,
Jetzt wird´s ernst, keiner lacht!

Ich steh hier und sing mir die Seel´ aus dem Leib.

Ich mach das nicht nur zum Zeitvertreib!

Hört mir endlich mal zu-hu!

Hört mir doch endlich mal zu!!!

Überrascht stellte Helga fest, dass einige Personen stehen geblieben waren und über den Liedtext schmunzelten. Sie war gerade in Fahrt und beschloss, ein weiteres, verändertes Lied zu singen. „Stern über Betlehem" würde doch gut zu den selbstgebastelten Sternen passen, dachte sie und begann zu singen.

Sterne aus Pappkarton kriegen Sie hier!

Recycelt und handgemacht was woll'n Sie mehr?

Schenkt euren Liebsten einen glitzernden Stern!

Sterne zur Weihnachtszeit hat jeder gern.

Ein Dutzend Menschen war inzwischen stehengeblieben. Viele lachten, einige schauten sich interessiert ihre Ware an, und eine Dame im roten Mantel kaufte drei Sterne.

„Wissen Sie was? Sie haben völlig Recht, und Ihre Sterne gefallen mir richtig gut. Man kann doch einen gesamten Weihnachtsbaum damit behängen!", mischte sich eine junge Frau mit Nickelbrille ein. „Nachhaltige Sterne! Das passt super. Ich werde dieses Jahr nämlich zum ersten Mal nicht zu meinen Eltern fahren. Einen kleinen Baum habe ich schon, aber keinen Weihnachtsschmuck. Also, ich nehme einen Stern von jeder Farbe und dann kaufe ich rote Wachskerzen. Wenn man die überhaupt noch kaufen kann."

Jetzt wurde Miriam richtig mutig: „Sie könnten auch Sterne in verschiedenen Größen nehmen. Dann sieht der Baum bestimmt toll aus!"

„Prima Idee! So mache ich das."

Das Interesse der Umstehenden wuchs und Helga kam mit ihren Kindern kaum dazu, alle Kundinnen und Kunden zu bedienen. Die junge Frau war froh, dass sie ihre Sterne schon ausgesucht hatte.

„Wieso sind die Sterne nachhaltig?", fragte ein älterer Mann mit Glatze. „Weil wir Reste verwertet haben und damit weniger Müll erzeugen, ganz besonders zu Weihnachten. Wir schonen die…." Miriam fehlte das richtige Wort. „Mama, wie heißt das noch mal?" Helga lächelte: „Die Ressourcen, meinst du." „Genau, wir schonen die Ressourcen", erklärte Miriam dem älteren Herrn. „Das ergibt Sinn, ich nehme vier rote Sterne in der mittleren Größe!", entschied er, zahlte und ging sofort eilig weiter.

„Hat der einen Punkt auf seiner To-do-Liste abgehakt?" Die junge Frau mit der Nickelbrille war immer noch da. „So rennt man doch nicht über den Weihnachtsmarkt. Da hört der Stress ja nie auf!" Sie schüttelte den Kopf. „Hätte mein Vater sein können, der ist auch so!

Was macht ihr übrigens mit euren Einnahmen? Da kommt ein richtiges Sümmchen zusammen! Auch was Nachhaltiges?"

Nelly schaute sie mit ernsten Augen an: „Weißt du, Papa ist weg. Jetzt sind wir allein und Mama hat nicht genug Geld für unsere Weihnachtsgeschenke. Und sie sieht immer so ernst aus. Ich glaube, wenn sie Geschenke für uns kaufen kann, dann lacht sie wieder." Der kleine Pascal neben ihr nickte.

„Nelly, was erzählst du denn da?" Helga war das sichtlich peinlich. Die junge Frau lächelte: „Kein Problem, ich kenne so was. Meine Eltern trennen sich auch gerade. Aber bei diesem Rosenkrieg möchte ich nicht dabei sein. Ich bleibe Weihnachten lieber allein. Jetzt habe ich ja zumindest die Sterne."

„Ganz allein?", fragte Helga und schaute die schlaksige junge Frau ungläubig an. „Ja, niemand aus unserer WG bleibt über Weihnachten in der Stadt. Alle fahren heim. Ich werde allein sein in einer Acht-Zimmer-Altbau-Wohnung."

„Das tut mir aber leid", sagte Helga ehrlich betroffen. Wie würde sie mit den Kindern eigentlich Weihnachten feiern, ohne Marcus? Darüber hatte sie noch gar nicht nachgedacht. Eine Einladung von ihren Eltern hatte sie nicht bekommen. Sie sortierte die wenigen verbliebenen Sterne auf der grünen Samtdecke. Da hörte sie die junge Frau sagen:

„Übrigens, ich bin Maria. Und ich habe Platz, wie Sie schon gehört haben. Wollen wir zusammen feiern?

Bei mir? Dann hätten die Kinder noch was von den Sternen!"

"Das ist eine gu...", fing Helga begeistert an und unterbrach sich gleich wieder. Ihre Kinder guckten skeptisch, alle drei. "Was meint ihr?", fragte sie und bemühte sich um einen neutralen Gesichtsausdruck.

"Was ist mit Oma und Opa? Gehen wir nicht zu denen?" Nellys Unterlippe zitterte ein wenig. "Ach, Schatz", sagte Helga, "die haben uns nicht eingeladen, aber sie meinen es nicht böse. In diesem Alter wollen die Leute einen ruhigen Heiligabend vor dem Fernseher verbringen." Etwas Besseres fiel ihr auf die Schnelle nicht ein. Ihr war bewusst, dass ihre Eltern wahrscheinlich nicht wussten, wie sie mit Marcus' Verschwinden umgehen sollten. Womöglich dachten sie, dass ihre Tochter ihren Mann vergrault hätte, dass sie wüsste, wo er war und bloß niemandem davon erzählen wollte. Solche unausgesprochenen Vermutungen würden wahrscheinlich für einen ziemlich ungemütlichen Heiligabend sorgen, wenn Helga ihn mit den Kindern bei ihren Eltern verbrächte. Das konnte sie den Kleinen natürlich so nicht erklären.

Sie hätte ja selbst gern gewusst, was eigentlich passiert war. Sie zwang sich, die Gedanken, die sich, wie so oft, in ihrem Kopf abspulten, mit einem Seufzer verbannen. Sie musste sich dem wirklichen Leben, ihren Kindern zuwenden. Ihre neue Bekannte, Maria, schaute Nelly gerade an, bezog aber die anderen beiden mit ein.

"Ja, ich war früher auch immer bei meinen Großeltern an Heiligabend, konnte mir gar nichts anderes
vorstellen. Irgendwann fiel es den alten Leutchen ein,
an Weihnachten auf Kreuzfahrt zu gehen, da habe ich
sehr geweint. Meine Mama hat mich dann mitgenom-
men zu ihrer Freundin, und da war es viel lustiger als
sonst bei den Großeltern!" Miriam und Pascal schienen sich mit dem Gedanken anzufreunden, aber Nelly
fiel das Abschiednehmen von ihren Gewohnheiten
schwer.

"Gab es bei der Freundin von deiner Mutter auch
Geschenke?", fragte sie zögerlich. Natürlich wusste
sie, dass es darauf nicht ankam, aber vielleicht machte
es die Entscheidung leichter. "Ja, klar, was denkst du",
strahlte Maria, „das Christkind wusste doch, wo wir
waren, und hatte die Geschenke unter den Weihnachtsbaum gelegt." Sie wandte sich wieder den Kindern zu, ging in die Hocke und fragte: "Na, wollt ihr
es mal mit mir versuchen?"

Drei Tage später war es soweit: Heiligabend. Die
Kinder waren ganz aufgeregt; Helga ehrlich gesagt
auch.

Sie hatte Sorgen wegen des Essens gehabt, da sie
Maria als Veganerin einschätzte, mindestens aber als
Vegetarierin. Sie hatte lachend ihre Bedenken zer-
streut und gesagt: "Nein, nein, an besonderen Tagen
esse ich durchaus mal etwas von Tieren, bloß nicht
immer. Ich könnte Rotbarschfilets im Lauchbett mit
Sahnesoße und Sesamkruste machen, was meinst du?

Dazu einen gemischten Salat mit Rettich, rote Beete und Möhrenschnipseln." Die Kinder verzogen das Gesicht. Maria reagierte sofort und bot für alle Nicht-Gourmets Würstchen mit Pommes an. Zufrieden hatten sie sich getrennt.

Jetzt standen die vier im Flur der Altbauwohnung, Helga balancierte einen Gewürzkuchen, die Kinder trugen jeweils einen Rucksack mit ihren Geheimnissen.

Im dritten Stock klingelten sie an der Wohnungstür. Maria öffnete und bat sie herein. Sie liefen durch einen langen Flur, von dem zu beiden Seiten mehrere Räume abzweigten.

„Das sind die Zimmer meiner Mitbewohner", erklärte ihre Gastgeberin. „Hier drüben ist mein Zimmer, aber wir gehen in den Gemeinschaftsraum."

Das war ein großer, hoher Raum mit Stuckdecken.

In der Mitte stand ein riesiger, runder Tisch, weihnachtlich gedeckt.

An zwei Wänden befanden sich gemütliche Sitzecken mit Sofas. Mehrere Fenster zeigten auf die Straße. In einer Ecke prunkte ein großer Weihnachtsbaum mit echten Kerzen – und mit ihren bunten Sternen geschmückt! Aus der Musikanlage ertönte leise Weihnachtsmusik.

„Kommt nur rein, sucht euch einen Platz am Tisch. Das Essen dauert noch eine Weile."

Kaum hatten sich alle – außer Maria – gesetzt, da klingelte es an der Wohnungstür. „Macht doch mal auf", rief Maria aus der Küche.

„Na, das ist aber toll", begrüßte Helga die Neuankömmlinge. „Schaut mal Kinder, da sind Oma und Opa!" Die Kinder stürzten auf die beiden zu und umarmten sie.

„Ich habe mich auch schon gewundert, warum für sieben Personen gedeckt ist", meinte Miriam.

„Super, dass ihr gekommen seid!", rief Nelly.

Maria trug gerade das Essen auf, da hörten sie, wie eine weitere Person die Wohnung betrat.

Ein junger Mann, Anfang dreißig, öffnete die Tür des Gemeinschaftsraums: „Was ist denn hier los? Wir haben Gäste?", fragte er erstaunt. „Guten Abend, alle miteinander."

Maria erklärte ihm: „Das sind Bekannte von mir. Wir wollen hier zusammen Weihnachten feiern, weil unsere Wohnung groß genug ist. Ich dachte, du wolltest bei deinen Eltern sein."

Zu ihren Gästen sagte sie: „Das ist Bernd. Er wohnt auch hier."

Er entgegnete: „Ja, ursprünglich wollte ich Weihnachten bei meinen Eltern verbringen. Doch dann haben sich die Herrschaften entschlossen, wieder ins Erzgebirge zu fahren, und dazu hatte ich keine Lust."

„Okay, kann ich verstehen. Hol dir einen Stuhl und ein Gedeck und iss mit uns. Wenn für sieben genug da ist, reicht es auch für acht."

„Das lasse ich mir nicht zwei Mal sagen. Maria kocht nämlich sehr gut", antwortete er, an die anderen gewandt.

Während des Essens erfuhren die Gäste, dass Bernd gerade ein Referendariat als Grundschullehrer machte. Er erwies sich als lustiger Unterhalter und brachte alle mehrmals zum Lachen.

„Bist du immer so witzig? Auch in der Schule?", wollte Nelly wissen.

„Oh, da müsst ihr meine Schüler und meine Kollegen fragen."

Dabei blickte er die Erwachsenen verschmitzt an.

Er fuhr fort: „Ich finde, Lernen muss so viel Spaß wie möglich machen. Das geht natürlich nicht immer. Aber das Leben ist ernst genug."

Nach dem Essen half Bernd Maria, das Geschirr abzuräumen. In der Küche erzählte sie ihm, wo und wie sie die vier kennengelernt hatte. Bernd meinte: „Helga und ihre Kinder gefallen mir. Ich würde sie gerne näher kennenlernen."

Maria antwortete lächelnd: „Mal sehen, was sich so ergibt. Ich glaube, du hast auch einen gewissen Eindruck bei ihnen hinterlassen."

Etwas später saßen alle wieder am Tisch und spielten zusammen verschiedene Gesellschaftsspiele. Die Geschenke lagen ausgepackt unter dem Weihnachtsbaum. Nein, es waren keine neuen Barbies, Spielekonsolen, teuren elektronischen Spielsachen oder dergleichen. Helga hatte von dem Geld, das sie mit dem

Verkauf der Sterne verdient hatten, einen neuen Farb-kasten, Malblöcke, Scheren, eine Jahreskarte für die Bibliothek gekauft. Dazu ein Buch mit dem Titel: „Alte Gesellschaftsspiele – neu entdeckt!" Einige dieser Spiele mussten natürlich sofort ausprobiert werden. Sie hatten alle sehr viel Spaß miteinander. Kaum jemand vermisste in diesen Stunden Marcus.

Als Maria etwas zum Trinken holen wollte, lief ihr Helga schnell nach und sagte leise: „Vielen Dank für alles. Damit meine ich wirklich alles. Dein Mitbewoh-ner ist ein sehr netter Mensch."

„Oh ja, das ist er", entgegnete Maria schmunzelnd.

Am Ende holte Bernd seine Gitarre, und sie sangen zusammen ein paar Weihnachtslieder.

Auf dem Nachhauseweg sagte Nelly: „Das war irgendwie ein trauriges, aber auch sehr schönes Weih-nachtsfest." Dem konnte Helga nichts hinzufügen.

6 Bücherliebe

„Ist dort noch frei?" Zoe zeigte auf einen der letzten freien Plätze. Als niemand sich die Mühe machte, ihr zu antworten, drängelte sie sich, ebenfalls kein Wort verlierend, an der fast voll besetzten Tafel vorbei. Über den Stuhllehnen hingen Winterjacken, Mäntel und Schals, die sich vom eisigen Winterwetter draußen klamm anfühlten. Die Kälte kroch bis unter ihre Jeans. Zoe spürte, wie sich eine Gänsehaut auf ihren Oberschenkeln bildete. Sie drückte sich an allen Plätzen vorbei und setzte sie sich erleichtert auf die Bank neben den bodentiefen Fenstern. Wie alle Sitzmöbel im Restaurant war diese mit petrolblauem Samt bezogen. Er leuchtete im warmen Licht der Messingkronleuchter wie der Stoff der Chaiselongue ihrer Großeltern, die in deren Sommerhaus im Kaminzimmer gestanden hatte. Unter dem Tisch strich Zoe heimlich über den Stoff. Er fühlte sich genauso weich an, wie sie es erwartet hatte. Zoe entspannte sich. Ein schöner Platz. Hier konnte sie in Ruhe aus dem Fenster schauen und warten, dass der Abend vorüberginge. Draußen begann es zu schneien. Dicke, weiße Flocken wehten über den Gehweg und wirbelten um die Autos, die vor dem Restaurant parkten. Auch über ihren schwarzen Mini zog eine kleine weiße Fahne hinweg. Zoe vergaß für eine Weile das Restaurant und die Leute, die an dem Tisch saßen. Irgendwann, als die Straßen und Gebäude mit einem zarten Flaum bedeckt waren und der Schnee weiterhin aus dem Himmel stob, erinnerte sie dieses Bild an eine Schneekugel, die sie einmal zu Weihnachten geschenkt bekommen hatte. Sie lächelte, als sie daran dachte, dass sie hier am Fenster wie in solch einer Kugel saß, nur dass der Schnee draußen fiel.

Zoe lenkte ihre Aufmerksamkeit zurück an den Tisch, an dem nun alle Plätze besetzt waren. Heute Abend fand die Weihnachtsfeier der Buchhandlung statt, in der sie seit kurzem arbeitete. Das Restaurant war in der Vorweihnachtszeit gut besucht, sie hielten nicht als einzige Gruppe ihre Feier hier ab. Die Lautstärke glich mittlerweile der in einer Bahnhofshalle. Zoe vermutete, dass der Abend nichts Gutes für sie bringen würde.

Sie sah zu Lisa und Alexander, die ihr gegenübersaßen. Eine Weile schon flüsterten sie miteinander und Zoe hatte den Eindruck, als schauten sie immer wieder zu ihr herüber. Eigentlich, so hatte sie gedacht, käme sie mit ihren neuen Kollegen zurecht. Doch seit Neuestem gaben auch sie ihr das Gefühl, dass irgendetwas mit ihr nicht stimmte. Zoe war ein zurückhaltender Mensch, der sich davor fürchtete, auf fremde Menschen zuzugehen. Das hieß nicht, dass sie nur teilnahmslos im Verkaufsraum der Buchhandlung stand. Ging es in einem Gespräch um Dinge, die sie interessierten, vergaß sie ihre Scheu und konnte sich mit ihren Gesprächspartnern sogar in längere Diskussionen verlieren. Ihre Kollegen und auch viele

Kunden zeigten kaum Interesse an literarischen Werken. Gerade in den Wochen vor Weihnachten suchten zahlreiche Leute mit wenig Zeit den Laden auf. Zoe konnte sich keinen Reim darauf machen, ob es an der Vorweihnachtszeit lag, dass einige von ihnen so ungehalten waren und sogar streitsüchtig. Für Zoes Befindlichkeit war das ein Problem, manchmal reichte ein unwirscher Satz, dass sie aus dem Verkaufsraum gehen und sich in die Büroräume zurückziehen musste, um sich zu beruhigen. Außerdem gab es bei ihren Kollegen allerhand Gerede übereinander. Zoe bemühte sich, sich aus allem herauszuhalten. Doch die vielen unterschwelligen Spannungen spürte sie bis ins Innerste.

Jetzt ging es wohl los, mit dem offiziellen Teil, denn Herr Dr. Zarowsky war aufgestanden. Er klopfte mit einem Löffel gegen sein Weinglas und bat um Aufmerksamkeit. Der Inhaber der Buchhandlung Zarowsky war selbst mit seinen 75 Jahren noch eine imposante Erscheinung. Schlohweiße lange Haare fielen ihm bis auf die Schultern. Er trug einen eleganten Dreireiher mit einem exakt gefalteten weißen Einstecktuch. An den hellen Hemdsärmeln, die unter der Anzugjacke hervorlugten, leuchteten goldene Manschettenknöpfe. Sein markantes Gesicht mit hoher Denkerstirn, tiefen aber gleichmäßig verteilten Falten und der eisgraue Blick ließen nicht den leisesten Zweifel übrig. Keine Frage, dieser würdige alte

Herr besaß eine Ausstrahlung, die alle Anwesenden im Restaurant für einen Moment innehalten ließ.

„Meine sehr verehrten Damen und Herren, meine geschätzten Mitarbeiterinnen und Mitarbeiter unserer Buchhandlung Zarowsky! Ich darf Sie alle sehr herzlich zu unserer Weihnachtsfeier in diesem feinen Haus begrüßen." Zarowsky machte eine kurze Pause. Er trank einen Schluck Wasser aus dem edel geschliffenen Glas, bevor er weiterredete.

„Wie Sie alle wissen, hat unsere alljährliche Zusammenkunft eine lange Tradition. Einmal im Jahr, und zwar immer in der Vorweihnachtszeit, treffen wir uns in einem Restaurant unserer Wahl zu einer gemeinsamen Weihnachtsfeier. Selbstverständlich sind Sie alle meine Gäste."

Ein langanhaltendes kollektives Klatschen unterbrach Zarowskys Rede. Er hob nach einer Weile, den Dank für die Einladung sichtlich genießend, beide Arme in die Höhe.

„Vielen Dank! Das ist doch das Mindeste, was ich für meine verehrten Mitarbeiter tun kann, als Wertschätzung für ihre treuen Dienste für die Welt der Bücher und der Literatur in diesem Jahr."

Lisa raunte Alexander zu: „Na ja, ob das mal für alle gleichermaßen zutrifft?" Ihr Blick streifte Zoe, die beinahe gelangweilt dem Schneefall draußen zusah.

„Bevor wir zum gemütlichen Teil des Abends übergehen und uns von den raffinierten, viel gepriesenen Kochkünsten verführen lassen, möchte ich die

Gelegenheit ergreifen, um…", - Zarowsky machte eine bedeutsame Atempause - „Sie wissen schon, was jetzt kommt, nicht wahr?" Er ließ betont langsam seinen Blick von einem zum anderen seiner Mitarbeiterinnen und Mitarbeiter schweifen, bevor er seinen Satz beendete.

„Die Mitarbeiterin oder den Mitarbeiter des Jahres zu küren." Souverän inszenierte Zarowsky die Zeremonie. Selbst die anderen Gäste im Restaurant hielten den Moment für so bedeutsam, dass sie für die Dauer der nun folgenden Mitteilung ihre Gespräche einstellten. Die Kolleginnen und Kollegen der Buchhandlung Zarowsky hingen ohnehin mit gespannter Aufmerksamkeit an den Lippen ihres Seniorchefs. Zarowsky griff mit der rechten Hand in die Innentasche seines Anzugs und holte einen weißen Briefumschlag hervor. Er legte ihn mit spitzen Fingern, vorsichtig, als wäre eine Briefbombe darin versteckt, neben das vornehm gedeckte Ensemble ab, das aus mehreren Messern, Gabeln und Löffeln bestand. Dann blickte er erneut ihn die Runde.

„Na, wie ich Sie kenne, haben Sie sicher schon Wetten abgeschlossen, wer es dieses Jahr sein wird", erhöhte er noch die Spannung. Hier und da wurden kurz Köpfe zusammengesteckt und man vernahm leises Tuscheln. Zoe ließ die ganze Zeremonie, die sie zum ersten Mal miterlebte, kalt. Sie würde es bestimmt nicht sein. Allerdings, wenn es wider Erwarten doch der Fall sein sollte, dürfte sie für ein ganzes Jahr kostenlos Bücher aus der Buchhandlung mit nach Hause nehmen. Die einzige Bedingung war: Die gelesenen Bücher durften weder veräußert noch verschenkt werden. Sie blieben im Besitz des Preisträgers. Dafür erhielten alle Bücher einen Firmenstempel der Buchhandlung und eine persönliche Widmung des Inhabers. Gerade auf Letzteres legte der Chef großen Wert. Für ihn war diese Würdigung eine Art Respekt, die man dem jeweiligen Buch schuldete. Zoe spürte, wie ihr Herz plötzlich schneller schlug.

„Lassen Sie uns zur Tat schreiten!" Zarowsky hob den Briefumschlag in die Höhe. Öffnete ihn mit beinahe quälender Langsamkeit. Nahm genauso unendlich langsam ein gefaltetes Kuvert in der Größe einer Zigarettenschachtel heraus. Hielt es eine gefühlte Ewigkeit in seinen Händen, bevor er es endlich öffnete.

„Ich darf Ihnen mitteilen, meine geschätzten Kolleginnen und Kollegen, unsere diesjährige Mitarbeiterin des Jahres ist ..." Hier machte er eine letzte wohldosierte Kunstpause.

„Zoe Dorinth!"

Die Stille im Raum wurde für eine Sekunde greifbar. Zoe erstarrte, als sie ihren Namen hörte. Ein Schauer lief über ihren Rücken und sie spürte, wie sich ihre Wangen rosa färbten. Sie grub ihre Finger in den Samtstoff der Sitzbank, um zu verhindern, dass sie sich nervös eine imaginäre Haarsträhne aus dem Gesicht wischte.

Während an den übrigen Tischen im Restaurant langsam die Gespräche wieder einsetzten, sagte am Tisch der Kollegen keiner ein Wort. Zarowsky stand auf und umrundete die Tafel. Er bewegte sich mit fließender Eleganz, kein Humpeln, keine schleppenden Schritte deuteten auf sein Alter hin. Neben Zoes Platz blieb er so lange stehen, bis sie sich ebenfalls erhob. Kraftvoll schüttelte er ihr die Hand. „Ich gratuliere, Frau Dorinth. Ich habe mir die Wahl nicht leicht gemacht, aber letztlich haben Ihre Fachkompetenz und Ihr höflicher, einfühlsamer und unaufdringlicher Umgang mit den Kunden mich überzeugt. Ich würde mich glücklich schätzen, Ihnen bei der Auswahl der Ihnen zustehenden Bücher beratend zur Seite stehen zu dürfen."

„Dd ... Danke. Vielen Dank", stammelte Zoe, zu mehr war sie im Augenblick nicht in der Lage. Sie ließ sich wieder auf ihren Platz fallen und wusste nicht, wohin sie ihren Blick wenden sollte. In diesem Moment begann das Getuschel. Vom anderen Ende des Tisches hörte sie ein Kichern, konnte aber nicht verstehen, was gesagt wurde. Keiner der Kollegen gratulierte ihr. Stattdessen trafen sie abfällige Blicke. Sie waren noch boshafter als die, die ihr häufig begegneten, wenn sie sich lieber ins Büro zurückzog, statt die Mittagspause mit den Kollegen in der Innenstadt zu verbringen. Dort las sie oder sprach mit Dr. Zarowsky über Bücher, die sie beide kannten.

„War ja klar, dass die kleine Büchermaus das Rennen macht", wisperte Lisa gehässig.

„Von wegen unaufdringlicher Umgang mit den Kunden. Stinkfaul ist sie und will mit den Leuten am liebsten gar nichts zu tun haben." Alexanders feindseliger Blick entging Zoe nicht.

„Wer weiß, was unsere Zoe in der Mittagspause im Büro so treibt, wenn sie uns erzählt, sie würde lesen. Zarowsky bleibt ja auch meistens im Büro. Da kann man sich doch denken, was da läuft und warum ausgerechnet sie Mitarbeiterin des Jahres wird." Obwohl Lisa flüsterte, war der bösartige Kommentar nicht zu überhören.

Angesichts dieser Unterstellungen stieg in Zoe heiße Wut auf. Das ging eindeutig zu weit. Viel zu lange hatte sie das Gerede der Kollegen hingenommen, sich weder gegen offene Anfeindungen noch gegen hinterhältige Intrigen gewehrt. Das würde sie sich nicht länger gefallen lassen. Langsam stand sie auf, blickte in die Runde und begann, mit erhobenem Kopf zu reden, leise, aber bestimmt.

„Ich verbitte mir solche infamen Behauptungen! Für wen haltet Ihr euch? In Wahrheit seid doch ihr diejenigen, die am liebsten nichts mit den Kunden zu tun hätten. Ihr beratet sie lieblos und ohne Einfühlungsvermögen. Es ist euch egal, ob sie mit dem Buch, das sie kaufen, zufrieden sind. Ihr macht den Job nur wegen des Geldes. Für mich ist er aber eine Berufung. Ich liebe Bücher und ich möchte diese

Liebe an jeden Kunden weitergeben. Ich bin froh, dass ich in Herrn Dr. Zarowsky einen Arbeitgeber gefunden habe, der Büchern die gleiche Wertschätzung entgegenbringt wie ich. Und anstatt das zu würdigen, macht Ihr euch über ihn lustig und lasst es euch auf seine Kosten gutgehen. Habt Ihr denn kein bisschen Anstand? Nicht mal in der Vorweihnachtszeit? Das ist eine Schande!"

Ein zweites Mal war das gesamte Restaurant mucksmäuschenstill. Niemand redete, kein Gläserklirren oder Tellerklappern war zu vernehmen. Sogar die Kellner waren stehengeblieben. Dann zerschnitt ein Geräusch die Stille.

Zarowsky klatschte Beifall, langsam, rhythmisch und laut.

Zoes Kolleginnen und Kollegen schauten irritiert. Zoes Herz klopfte bis zum Hals. Überrascht über ihre eigene Courage, wollte sie sich gerade wieder hinsetzen, als Frau Bötticher, die Kassiererin und älteste Mitarbeiterin der Buchhandlung, sich von ihrem Stuhl erhob und in den Beifall von Herrn Dr. Zarowsky einfiel:

„Zoe hat völlig Recht, und sie ist nicht nur eine hervorragende Buchhändlerin, sondern auch eine mutige Person! Gut gemacht, Zoe, und herzlichen Glückwunsch!" Frau Böttichers Glückwünsche machten einigen Kolleginnen und Kollegen Mut. Während die Gespräche an den anderen Tischen langsam wieder einsetzten, erhoben sich nach und nach Anke,

Heinz und Frank, der Praktikant. „Auf Zoe! Herzlichen Glückwunsch", riefen die drei und hoben ihre Gläser. Zoe nahm ihr Glas und hielt es ungläubig in die Höhe. Hatte Sie das eben wirklich gesagt? Plötzlich musste sie lächeln. Entschlossen prostete sie Dr. Zarowsky und den stehenden Kollegen zu. „Vielen Dank und Frohe Weihnachten!"

Weitere Kolleginnen und Kollegen, die vorhin noch getuschelt hatten, standen auf, um ihr zu gratulieren. Ob sie mit Zarowskys Wahl plötzlich doch einverstanden waren, oder einfach nicht zu den Außenseitern gehören mochten, war für Zoe nicht zu auszumachen. Empathie sieht jedenfalls anders aus, dachte sie, als sie in die undurchdringliche Miene von Angelika schaute.

Zehn Kollegen standen inzwischen mit erhobenen Gläsern, sechs saßen, darunter auch Lisa und Alexander. Die Spannung war immer noch zu spüren, man hörte es förmlich knistern.

„Stehen Sie nur auf, um Frau Dorinth zu gratulieren, wenn Sie es auch so meinen!", ertönte Dr. Zarowskys sonore Stimme. „Wenigstens so viel Anstand sollten Sie haben. Ich dulde keine Heuchler an meinem Tisch." Empört stand Lisa von ihrem Stuhl auf, nahm ihre Jacke und ihre Handtasche. Sie wollte gerade Alexander mit sich ziehen, als ein gutaussehender Mittfünfziger mit grauen Schläfen an den Tisch trat:

„Herr Dr. Zarowsky, das freut mich aber, Sie hier zu sehen!" „Kennt ihr den?", flüsterte Lisa Alexander und Angelika zu. Die schüttelten die Köpfe und blieben stehen. Nun wollten sie erst mal sehen, was hier gespielt wurde.

„Guten Abend Herr Winter, die Freude ist ganz meinerseits. Meine Damen und Herren, darf ich Ihnen Herrn Karl Winter vorstellen. Er ist der Geschäftsführer der deutschlandweiten Buchhandelskette Delia."

„Ich sehe, Sie feiern mit ihrer Belegschaft. Wie schön! Die letzte Weihnachtsfeier der Buchhandlung Zarowsky, nicht wahr? Genießen Sie es."

„Danke, Herr Winter", brachte Dr. Zarowsky mit höflich-reservierter Stimme hervor. „Dieses Thema stand eigentlich am Schluss des heutigen Abends auf dem Programm."

„Oh, ich wollte Sie nicht in Verlegenheit bringen, immerhin sind Sie ja der zukünftige Geschäftsführer der Delia-Filiale in der Stadt! Ach, eine Frage aus Neugier noch: Wem galt denn der Applaus, den ich hörte, als ich das Restaurant betrat?"

„Der gebührte Frau Dorinth! Ich habe sie zur Mitarbeiterin des Jahres der Buchhandlung Zarowsky gekürt. So, und jetzt, Herr Winter, ist es langsam an der Zeit…!"

„Sie haben ja Recht, Zarowsky! Feiern Sie schön mit ihrer Belegschaft! Den Namen Dorinth werde ich mir auf jeden Fall merken. Meine Glückwünsche, junge Frau, und Frohe Weihnachten allerseits!" Damit wandte er sich dem Ausgang zu. Alle waren still.

„Und ihr habt der blöden Kuh auch noch gratuliert!", giftete Lisa los, sobald Winter an der Theke vorbei und zur Tür hinaus gegangen war.

„Ja, da glotzt ihr, was? Ist doch sonnenklar, was hier läuft: Erst wird so ein verhuschtes Mäuschen eingestellt, das fünfmal so viel Zeit mit den Kunden braucht wie unsereins, es wird in den Himmel gelobt für nichts und wieder nichts, und dann kommt die Auflösung des Rätsels: Alles ist längst in trockenen Tüchern, der Laden wird an Delia verkauft; die zukünftige Leiterin ist soeben zur besten Mitarbeiterin des Jahres gekürt worden und der Alte nimmt das Geld und macht sich einen schönen Lebensabend. Uns wollte man in den letzten fünf Minuten des Abends informieren, wenn alle den Kopf voller Glühwein und Sekt haben und nur noch nach Hause wollen! Und über Nacht sollen wir uns ausheulen und morgen weiter arbeiten, als wäre nichts gewesen!" Wütend schmiss sie ihre Jacke und die Handtasche auf den Stuhl, Alexander wich unwillkürlich ein wenig zur Seite.

"Keine Heuchler wollten Sie hier am Tisch, Herr Zarowsky?", setzte Lisa nochmal nach. "Dann fangen Sie am besten bei sich selbst an! Wenn das keine Heuchelei war, was uns da eben vorgeführt wurde, dann weiß ich es auch nicht!" Nun setzte sie sich wieder, Jacke und Tasche auf dem Schoß, als wollte sie sicherstellen, dass sie jederzeit davonstürmen könnte, wenn sie wollte.

Seltsam, dachte Zoe, nach so einer Rede würde sie ein "Nicht mit mir!" oder "Ich kündige!" erwarten, aber Lisa schien nichts dergleichen im Sinn zu haben.

Zoe versuchte, sich vorzustellen, wie die Arbeit wohl sein würde, wenn aus Zarowskys Buchhandlung eine Delia-Filiale würde. Die liebevoll ausgesuchte Dekoration würde Stück für Stück weichen, alles würde das Delia-Logo tragen, die Einrichtung, die Dekoration. Fan-Artikel und Spielzeug - alles aus Plastik und identisch mit dem Zeug in allen anderen Delia-Filialen, würden hinzukommen. Und die Buch-Auswahl: Klar würde sie noch Lese-Exemplare bestellen können, aber nicht mehr bei den Verlagen, sondern bei der Zentrale. Und es würde egal sein, welches Buch *sie* für empfehlenswert hielt. Es würde das hingestellt werden, was sich am besten verkaufte. Und es würde sich am besten verkaufen, weil sich die Konzernleitung in Zusammenarbeit mit den Verlagen die besten Bots und Algorithmen leisten konnte. Damit machten sie die Menschen glauben, es gäbe gar keine andere Literatur als die, die ihnen auf Bildschirmen und Smartphones aufgedrängt wurde. Die würden sie dann in den Schaufenstern der Delia-Filiale wiedererkennen und kaufen dürfen.

Sie sah Zarowsky an. "Warum?" Das eine Wort genügte: Alle wussten, was Zoe meinte. Zarowsky setzte sich, andere taten es ihm nach und sahen ihn erwartungsvoll an. "Sehen Sie, ich bin fünfundsiebzig.", begann er leise. "Ich fühle mich nicht so, aber ich könnte jederzeit ernsthaft erkranken", fuhr er fort. "Ich habe zwar keine Kinder, meine Nichten und Neffen hätten mit Sicherheit kein Interesse daran, eine altmodische Buchhandlung am Laufen zu halten. Da wollte ich lieber eine geregelte Übergabe machen. Aber einen privaten Käufer gab es nicht. Die Leute mit Geld, die ich kenne, haben kein Interesse daran, sich so ein Geschäft ans Bein zu binden. Es bringt ja keinen großen Gewinn, nichts, was man investieren könnte. Dann kam Winter mit seinem Angebot, dass ich nicht nur den Erlös sofort bekäme, sondern auch so lange, wie es mir richtig erscheint oder ich noch kann, die Buchhandlung auf meine Weise führen könnte. Da habe ich eingewilligt." Er sah auf die ordentlich gefaltete Serviette auf dem Tisch vor sich, es sah aus, als wäre ihm das Ganze peinlich. Dann blickte er wieder auf. "Sie werden alle übernommen, das habe ich mir ausbedungen", sagte er mit neuer Kraft in der Stimme.

Lisa schien nur wenig besänftigt zu sein: "Und Zoe wird Ihre Nachfolgerin. Wir werden alle zu Delia-Angestellten, deutschlandweit einsetzbar, je nach Bedarfslage. Okay, ich kann mich in Ihre Lage versetzen, Herr Zarowsky, aber Sie verstehen sicher auch, dass wir uns nicht von Ihrer 'Mitarbeiterin des Jahres' herumkommandieren lassen wollen!"

Beifallheischend sah sie sich um, aber nur wenige der anderen blickten sie an, die meisten sahen still auf den Tisch.

"Von Nachfolgerin oder Nachfolger war noch gar nicht die Rede", begann Zarowsky. Zoe merkte, dass sie das Debakel nicht weiter ertragen konnte. Sie stand wieder auf, so schwer es ihr auch fiel, sich derart zu exponieren. Wieder wurden alle still. Wieder merkte sie, wie sich die Röte auf ihre Wangen schlich, aber sie konnte sich jetzt nicht von solch unwichtigen Unannehmlichkeiten aufhalten lassen.

"Herr Zarowsky, ich danke Ihnen nochmal für die Auszeichnung. Sie hat mich sehr gefreut. Die Aussicht, ein ganzes Jahr lang gute Bücher nach Herzenslust mitzunehmen und später mein Eigen nennen zu dürfen, war berauschend." Einige schauten irritiert, wohl weil sie in der Vergangenheitsform gesprochen hatte. "Aber ich werde das Privileg nicht in Anspruch nehmen. Es tut mir herzlich leid, aber ich habe noch in keiner Delia-Filiale das persönliche Flair und die besondere Kundschaft erlebt, die wir in unserer Buchhandlung haben. Und einem Betrieb, dem es hauptsächlich um Verkaufszahlen geht, möchte ich meine Arbeitskraft nicht zur Verfügung stellen. Ich weiß nicht, wie lange ein Mensch von Arbeitslosengeld leben kann, oder ob es mir gelingt, etwas Eigenes aufzubauen. Aber ich glaube, wenn das Schicksal mir diese Aufgabe stellt, dann sollte ich sie annehmen. Hier und jetzt."

Lisa schaute sie mit einer Mischung aus Erleichterung und Unverständnis an, in Zarowskys Augen sah sie etwas glitzern. Er nickte ihr zu, Respekt im Blick.

"War schon mal jemand von euch arbeitslos?", fragte sie in die Runde.

7 Auf der Suche nach einer Herberge

Oh man, ist mir schlecht!

Der Wald ist geräumt, die Bäume sind gefällt, zweimal war ich verhaftet und wurde wieder frei gelassen, in letzter Zeit habe ich keine Nacht mehr im selben Bett oder auf demselben Baum geschlafen.

Ich habe die Bullen hassen gelernt. Das sollten wir zwar unter allen Umständen vermeiden, wurde uns im Gewaltfreien Training beigebracht, aber irgendwann ist Schluss mit der Milde, wenn sie wieder und wieder anrücken mit Hundertschaften und die Rodungsfirma mit ihren riesigen Maschinen schützen, vor ein paar Leutchen, die auf den Tripods oder auf dem Boden sitzen oder in der Hängematte zwischen zwei Bäumen schaukeln. Himmel, Arsch und Zwirn, keiner will mehr diese Autobahn, unser Verkehrsminister ist ein Grüner und lässt trotzdem diese Zerstörung zu, ist denn die ganze Welt verrückt geworden?

Irgendwie regt mich alles noch mehr auf als sonst, weiß auch nicht, was mit mir los ist.

Das heißt, ja, ich weiß es doch, aber ich kann es nicht richtig glauben, ich will es nicht glauben, ich will, dass es einfach so passiert, ganz natürlich. Warum muss ich da noch durch dieses Gefühlschaos durch, und warum ist mir dauernd so schlecht? Das kann doch die Natur nicht so vorgesehen haben. Wie kann eine Spezies überleben, wenn sie sich beim Nachwuchs-Tragen dermaßen scheiße fühlt?

Elisabeth, meine Cousine, die wohnt ganz in der Nähe und ist auch schwanger. Sie macht das ganze Programm mit, mit regelmäßigen Untersuchungen, Ultraschall alle paar Wochen, irgendwelche Präparate zur Stärkung von irgendwas, hör doch auf, das ist die reinste Industrie, sowas können sie mit mir nicht machen. Früher haben die Leute auch ihre Kinder gekriegt, ohne den ganzen Vorsorgescheiß, und dann, wenn es rauskam, sahen sie, was es war und was es für Besonderheiten hatte. So sollte es auch heute sein, finde ich.

Meine Cousine überschüttet mich mit Ratschlägen und Empfehlungen, mein Gott, die merkt auch wirklich gar nichts, die glaubt, außer ihrer eigenen spießigen Vorsorge-Welt gäbe es nichts anderes. Bei ihr wird es ein Mädchen, Johanna soll sie heißen. Meine Tochter wird Isa heißen, aber das verrate ich nicht. Ich weiß es auch nicht von einem Ultraschallbild, dass ich ein Mädchen kriege, sondern einfach so, in mir drin. Vielleicht stimmt es ja auch gar nicht.

Jedenfalls finde ich diese ganze Planerei und Vorsorgerei total krank. Woanders sind die Menschen froh, wenn sie wenigstens für ihre Kinder was zu essen und trinkbares Wasser haben, während direkt nebenan verfeindete, aufgehetzte Leute, vielleicht sogar ihre eigenen Männer, sich gegenseitig mit deutschen Waffen erschießen, und wir sitzen hier im

Wohlstand und bauen Autobahnen. Ich kann gar nicht so viel fressen, wie ich kotzen möchte.

Es hätte eigentlich nicht passieren können. Eigentlich. Ein halbes Jahr hat Jo gebaggert, ein halbes Jahr hab ich überlegt, ob er mir sympathisch genug sein könnte, und dann, an diesem rotweinseligen Abend … Na ja, die Details erspare ich euch. Sogar ein Gummi haben wir benutzt, weiß der Teufel, wie da noch ein Spermium entkommen konnte. Tat es aber, das Ergebnis tritt mich fröhlich in die Blase, und ich habe immer noch keine Lust, hier irgendwelche Rollenbilder zu erfüllen, nur weil sich jetzt die nächste Generation in mir angemeldet hat.

Aber eine Bleibe brauchen wir, der Wald ist weg, unsere Baumhäuser, jede einzelne Siedlung haben sie plattgemacht. Und es ist Winter.

Eigentlich komme ich aus dem Norden, aber ich hab allen gesagt, ich wäre hier aus der Gegend und würde sicherlich was finden. Damit sie sich keine Sorgen machen und sie mir nicht auf die Nerven gehen mit irgendwelchen Ermahnungen. Wenn du schwanger bist, sagt dir jede Frau und jeder Mann, was du tun sollst. Als wärst du öffentliches Eigentum. Kotz!

Außerdem wollen meine Eltern nichts mehr mit mir zu tun haben, weil sie mich für eine Terroristin halten. Und Jo's Eltern, die wohnen zwar in der Gegend, aber er hat ihnen gar nichts erzählt und will auch nicht da hin.

Zwei Nächte haben wir schon unter Brücken geschlafen. Ja, kein Scheiß, wirklich unter Brücken – stinkig, kalt und laut, aber wenigstens nicht nass.

Heute hatten wir schon in drei WGs nachgefragt, ob wir ein paar Tage bleiben könnten. Wenigstens bis sich irgendwas ergäbe, aber wir kamen gar nicht über die Türschwelle. Den Gesichtern nach zu urteilen, hingen sie alle an ihren spießigen Hygieneregeln, unsere Dreads und vielleicht auch unser Geruch passten nicht in ihre saubere Persil-Welt. Ich hätte schon wieder kotzen können.

„Was tun wir jetzt?" Ich trat aus dem Hausflur und latschte gleich in die Hundescheiße, die sich neben dem Treppenabsatz bereit gehalten hatte.

„Wenn ich dir sage, dass wir schon noch was finden werden, wirst du bestimmt wieder sauer und das macht es auch nicht besser."

Ich versuchte, an der Kante des Sockels den braunen Mist von meiner Schuhspitze zu kratzen, dabei wurde mir schon wieder übel.

„Hat dir schon mal jemand gesagt, dass du ein hoffnungsloser Optimist bist?" Ich wusste wohl, dass es diese Wortkombination eigentlich nicht geben konnte, aber so war es: Er ließ nicht ab von seinem blöden Optimismus, es war hoffnungslos mit ihm.

Jo grinste und strich sich mit der Hand über seinen seit Wochen wild gewachsenen Bart.

„Nenn mich An-das-Gute-im-Menschen-Denker."

„Pah, als ob die Menschen jemals gut gewesen wären."

Er schaute auf meinen verdreckten Schuh und nahm mich in den Arm. Auch wenn er nicht derjenige war, mit dem ich den Rest meines Lebens zusammen abhängen wollte, musste ich zugeben, es fühlte sich gut an, einfach einmal diese Wärme, die ihn in seiner Gutgläubigkeit umgab, zu spüren.

„Jetzt brauchen wir erst mal was zwischen die Zähne." Jo schulterte seine Gitarre und zog mich am Ärmel meines grünen Parkas mit. Wenn ich wegen der letzten beschissenen Wochen neben meiner guten Laune nicht auch noch meinen Orientierungssinn verloren hatte, wusste ich, dass dieser Weg Richtung Bahnhofstraße führte. Das Einkaufszentrum in der Innenstadt, da gingen wir hin: Musik machen, bisschen Geld verdienen.

Eine Stunde später standen wir noch immer dort und vor uns, in dem grauen, speckigen Hut meines Vaters, lagen geschätzte sieben Euro, kein wirklicher Erfolg. Neben meinem hörte ich auch Jo's Magen knurren.

Da waren wir, mitten in der konsumaffinen Menschenwelt. Ich schaute mich das erste Mal um, seit Jo begonnen hatte, die Einkaufspassanten mit tiefgründigen Liedern wenigstens ein bisschen zum Innehalten zu bewegen. Dieser Teil der Straße war mit gelbleuchtenden Sternen dekoriert. Alle schön der Reihe nach, damit auch ja kein Geschäft übersehen werden konnte.

Das am Ende der Straße liegende Einkaufszentrum setzte dem Kitsch noch die Krone auf. An jeder Kontur protzte eine Lichterkette und in den riesigen Fenstern flossen Lampengirlanden wie Wasserfälle auf den Boden. Ich hätte wetten können, dass vom All aus, wenn jemand auf die Erde schaute, das Einkaufszentrum unter all den anderen Lichtern hervorstach. Was für eine Verschwendung.

Hunderte Leute, alle in Eile, kamen mit ihren Weihnachtseinkäufen vorbei, schauten auf Jo, der mit seiner Gitarre einen echt rekordverdächtigen Sound hinlegte. Danach auf mich, hier vor allem auf die Wölbung, die sich unübersehbar über meiner Jeans und unter meiner Jacke zeigte, und zum Schluss schauten sie auf den alten Hut. Dann gingen sie weiter, als ob es uns nicht gäbe. Ich konnte mir vorstellen, dass wir ihnen die Stimmung für das Weihnachtsfest so richtig vermiesten. Und ich genoss es. Zwei Fremde, davon noch eine schwanger, die auf der Suche nach einer Bleibe waren. Und das vor Weihnachten, dem Fest der strahlenden Kinderaugen und der Geschenke. Wer kann es da gebrauchen, mit realem Elend konfrontiert zu werden?

Jo nahm die Münzen, schüttelte sie in der Hand und sah mich an. Dann gab er mir vier Euro und steckte die restlichen drei in die Tasche seiner ramponierten Jeans. Er legte die Gitarre in ihren Koffer. Ich stopfte den Hut in die Innenseite meiner Jacke. Es war kalt. Es war feucht.

„Bekommst du endlich mit, dass wir verloren sind?" Hätte ich noch einen Vorrat an Zuversicht gehabt, er wäre spätestens jetzt aufgebraucht gewesen. Jo sagte gar nichts. Er ging auf den Bäckerladen zu, der hinter uns lag, öffnete die Tür, stellte sich brav an und kaufte, als er an der Reihe war, zwei Vollkornbrötchen. Ohne ihn anzusehen, machte die Verkäuferin Anstalten, sie in eine Papiertüte mit dem Aufdruck „Weihnachten ist das Fest der Liebe" einzupacken. Doch Jo erklärte ihr, dass das nicht nötig sei, sie solle sich das kostbare Papier sparen, er nähme die Brötchen einfach so mit. Als er vor mir stand, reichte er mir eins und biss kräftig in das andere. Ich zuckte mit den Schultern und tat es ihm gleich. Praktisch im selben Moment war das Brötchen bis auf den letzten Krümel aufgegessen. Meine Laune begann sich zu bessern.

Doch sobald ich an unsere Situation dachte, ging es mir wieder scheiße.

Freiheit ist, wenn man nichts zu verlieren hat. Das war für mich immer ein leichter Spruch gewesen, der sich gut anfühlte. Freiheit, Freedom, Liberté, das war es doch, worauf es ankam, oder? Aber je näher die Geburt rückte, desto öfter ertappte ich mich bei einem völlig unsinnigen Nest-Trieb.

Jo und ich setzten uns auf eine Mauer und zückten unsere Handys, die kaum noch Saft hatten. Keine besonderen Nachrichten. Nach einer Weile meinte Jo: „Wie findest du die Aktion mit dem Abseilen von den

Autobahnbrücken? Das hat ganz schön lange Staus gegeben."

„Das waren richtig geile Aktionen! Wir müssten alle Autobahnen so lange blockieren, bis auch der letzte Fetischist kapiert hat, dass das Automobilzeitalter abgelaufen ist." Gut, dass es noch genug Aktivisti gab, wenn ich schon nicht mitmachen konnte.

„Na ja, ich weiß nicht so recht", meinte Jo. „Da wurden eine Menge Leute gefährdet – und es hat ja auch einen schweren Unfall gegeben."

„Was bist du bloß für ein Spießer! Unfälle gibt es immer wieder wegen der scheiß Karren, die unsere Umwelt kaputt machen. Was allein der Straßenbau jeden Tag an Natur zerstört! Ich halte mich an den Spruch von Ton, Steine, Scherben: „Macht kaputt, was euch kaputt macht!" Nesttrieb hin oder her, meine Überzeugungen würde ich dafür nicht aufgeben.

„Also, wenn ich länger darüber nachdenke, dann finde ich solche Aktionen immer weniger gut", sagte der Spießer neben mir. „Viele Leute, die vorher auf unserer Seite waren, sind jetzt sauer auf uns. Mit Gewaltfreiheit hat das auch nichts zu tun. Gewalt gegen Sachen – ja, aber nicht gegen Menschen."

„Oje, oje, jetzt ziehst du den Schwanz ein."

Unwillkürlich musste ich lachen – vielleicht hätte er das früher tun sollen…

Dann musste ich aber doch noch was dazu sagen: „Wie sollen wir denn sonst erreichen, dass dieser ganze Wahnsinn gestoppt wird? Wir müssen immer wieder Zeichen setzen und die dekadenten Wohlstandsgläubigen aus ihrem Dauerschlaf wecken."

„Glaubst du wirklich, dass du mit solchen Aktionen was erreichst? Vielleicht kommt genau das Gegenteil von dem raus, was wir wollen. Allerdings weiß ich auch nicht, was wir sonst noch machen können, um den ganzen Wahnsinn zu stoppen."

Langsam verflog mein Zorn und wich einem Gefühl von Resignation. Zudem hatte jemand von innen gegen meinen Bauch geklopft und sich so wieder bemerkbar gemacht.

Was sollten wir jetzt machen?

Die Straßenbeleuchtungen flackerten auf – völlig unnötig, wo doch die Weihnachtsdekoration schon bis ins Weltall schien. Ein leichter Regen setzte ein. Wir erhoben uns und stapften weiter. Vor einem weiteren Kaufhaus stand eine Gruppe von Menschen und schmetterte Weihnachtslieder, es roch nach Glühwein und Bratwurst. Das war ja buchstäblich zum Kotzen, selbst für Nicht-Schwangere! Ich versuchte, noch irgendeine Richtung zu finden, aber es war zu spät. Es war ein beachtlicher Schwall, der aus mir herauskam, obwohl ich nur das Brötchen gegessen hatte. Zum Glück wurde niemand direkt getroffen.

„Pass doch auf!", schimpfte ein älterer Mann, schwer bepackt mit zwei vollen Taschen. „So was hätte es früher nicht gegeben!"

„Ja, bestimmt hätte man uns im KZ vergast!", schrie ihn Jo an.

„Was fällt dir ein! Man müsste die Polizei rufen!"

„Tu dir keinen Zwang an!"

Jo nahm mich am Arm und zog mich weiter. „Geht es dir wieder besser?" „Ja, ja, schon okay." Eine weitere ungemütliche, kalte Nacht stand uns bevor.

„Komm, lass uns hier abhauen aus der beschissenen Stadt, mit den ganzen konsumgeilen Affen", sagte Jo und zog mich am Arm hinter sich her.

„Wo willst du verdammt noch mal hin?"

„Hm, ich glaube, ich weiß jetzt, wo wir heute Nacht unterkommen können."

Ich blickte mich genervt um. Das schwachsinnige Weihnachtsgedudel. Friede, Freude, Eierkuchen. Wie mich die ewig gleiche Leier ankotzte. Die Leute rannten mehr, als sie gingen, um so schnell wie möglich ihre schwer bepackten Einkaufstüten nach Hause zu schleppen. Statt der vielen unnützen Geschenke, die bald unter den, extra für den ganzen Hokuspokus geschlagenen, armen Nordmanntannen liegen würden, sollten doch die ganzen Spießer und angepassten Bürger unseres ach so reichen Landes lieber ihr Geld für die Ärmsten der Welt spenden. Das wäre mal ein feiner Akt der Nächstenliebe. Aber nein, stattdessen werden all die Scheißsmartphones, Tablets und Flachbildschirme aus ihren Verpackungen gerissen. Dabei sind die Leute so saublöd, dass sie es einfach nicht kapieren, dass der ganze Technikmist längst so programmiert ist, dass er komischerweise immer kurz nach Ablauf der Garantie verreckt. Und dann geht der ganze Konsumwahnsinn wieder von vorne los. Ohne nur mal für einen Moment ihren Grips darüber anzustrengen, was mit dem ganzen Elektroschrott geschieht, wird wieder in die Läden gehetzt und prompt das nächste noch geilere und noch teurere Handy gekauft. Und wie das alles unsere Umwelt zerstört. Manchmal könnte ich von morgens bis abends einfach nur noch schreien, vor so viel Dummheit und Gedankenlosigkeit.

Jo zog mich durch die Mengen von Leuten, von denen uns viele angewidert anglotzten. Wieder zeigte sich, dass so was wie wir eben nicht in die ach so schöne, friedliche Vorweihnachtszeit passte.

„Komm, steig ein", brummte Jo und wir kletterten zusammen in einen wartenden Bus. Er tat so, als würde er an dem Fahrkartenautomaten zwei Tickets kaufen. Fast hätte ich angefangen zu lachen. Mit dem Pech, das uns schon seit Tagen wie ein hungriger Wolf verfolgte, würden wir garantiert in eine Kontrolle geraten. Immerhin war es warm im Bus. Nur wenige andere Fahrgäste hockten mit uns darin. Sie stierten entweder auf ihre Bildschirmchen oder schauten auf den grell erleuchteten Weihnachtsklimbim.

Der Bus fuhr mit einem kurzen Ruck an. Mir wurde schwindelig. Gut, dass ich nichts mehr im Magen hatte. Jo hielt meine Hand. Seinen Gitarrenkoffer hatte er zwischen die Beine geklemmt.

„Wo fahren wir hin, verdammt noch mal?" Ich verlor langsam die Geduld.

„Bleib ganz ruhig. Erst mal raus aus der Stadt. Die Linie fährt bis in das Dorf, wo ich herkomme."

„Was, du willst doch nicht etwa bei deinen Alten um Gnade winseln", fuhr ich ihn an.

„Ganz bestimmt nicht. Das wäre das Allerletzte, bei meinen Erzeugern aufzutauchen. Für die bin ich längst gestorben." Jo ließ für einen Moment meine Hand los. Die wurde gleich noch kälter, als sie es ohnehin schon war.

„Und wo soll es bitte schön hingehen? Vielleicht in eine alte Scheune, wo wir uns dann im Heu herumwälzen?" Jo stieß einen kurzen Lacher aus. „Gar keine so schlechte Idee, da wäre es immerhin ein bisschen warm", sagte er und grinste mich an.

„Jetzt komm schon, sag, wo du mich hinschleppen willst", versuchte ich es noch einmal. „Lass dich überraschen", antwortete er kryptisch. Der Scheißbus hielt wieder mit einem Ruck an. Mann, beherrschte der bescheuerte Busfahrer sein Fahrzeug nicht oder was?

Wir stiegen als Einzige in einem kleinen Dorf aus, wo die Bürgersteige schon längst hochgeklappt waren. Mich fröstelte es. Kein Mensch weit und breit zu sehen. Nur ein paar Funzeln von Straßenlampen kämpften sich mit ihrem spärlichen Licht durch die nächtlichen Schatten. Jo ergriff wieder meine Hand. „Komm, wir müssen ein wenig laufen. Ist zwar ne Ecke zu gehen, aber das schaffen wir."

„Na super, von dem wogenden Menschenchaos im Glitzerlicht mitten hinein in die finsterste Einöde", beschwerte ich mich. Konnte ja sein, dass er wirklich was Gutes vorhatte, aber so im Ungewissen zu bleiben, machte mich sauer.

„Hat dein Handy noch genug Saft, um die Taschenlampe anzumachen?", fragte mich Jo, nachdem wir das Dorf bereits wieder verlassen hatten. Wir stolperten einen geteerten Feldweg entlang, der leicht bergan stieg. Noch waren die Konturen der Straße schwach zu erkennen. „Bleib immer in der Mitte", sagte Jo, „ich bin neben dir." Ich tastete nach meinem Handy. „Für eine viertel bis halbe Stunde könnte es noch reichen."

„Sehr gut, das müsste genug sein. Mach die Lampe erst an, wenn ich es dir sage." Schon wieder dieser Befehlston, das konnte er sich abschminken. Aber erst mal sagte ich nichts, versuchte nur, nicht hinzufallen. Er zog mich weiter den Teerweg entlang. Nach ein paar hundert Metern erreichten wir eine Landstraße, die wir zügig überquerten. Auf der anderen Seite der Straße tauchten wir sofort in einen dunklen Wald hinein. Immerhin stehen hier noch Bäume, dachte ich, als ich den einen oder anderen Schatten an mir vorbeihuschen sah.

„Jetzt schalt ein", flüsterte Jo. Ich machte die Taschenlampenfunktion meines Handys an. Ein schwacher Lichtkegel tanzte vor uns hin und her. Schemenhaft sah ich, dass wir uns auf einem ausgefahrenen matschigen Waldweg fortbewegten.

Von weiter weg hörte ich den markanten Ruf eines Kauzes. Sofort musste ich an den blöden Spruch meiner seligen Oma denken: Wenn das Käuzchen in der Nacht ruft, stirbt jemand im Dorf. Mich schauderte es für einen Moment. Was für ein Schwachsinn. Der Kauz ruft nur nach seinen Artgenossen.

Wir blieben eine ganze Weile auf dem aufgeweichten Waldweg, der zwar ein paar Kurven machte, aber ohne weitere Steigungen verlief.

„Gleich sind wir da."

Jo's Stimme war wieder etwas lauter geworden. Wir bogen von dem festen Weg in eine schmale Waldschneise ein, die bergab führte. Nach etwa hundert Metern tauchte wie aus dem Nichts eine kleine Waldhütte auf.

„So, da wären wir!" Jo ging zum Eingang der Hütte und fluchte laut. „Scheiße, das hätte ich mir denken können. Das Ding kriegen wir nie im Leben auf. So ein Mist aber auch. Als ich das letzte Mal hier war, hing da noch nicht so blödes Schloss dran." Enttäuscht ließ er sich auf eine Holzbank fallen, die neben der Hütte stand.

„Na super, da zerrst du mich die ganze Zeit durch den Wald, ohne mal vorher mit mir zu sprechen, wo du hinwillst, und dann stehen wir vor einer verschlossenen Hütte!" Jo sprang auf und rüttelte ein paar Mal an dem massiven Ringschloss - vergeblich.

„Das kannst du vergessen. Ohne den passenden Schlüssel geht da gar nichts." Jo ließ von dem Schloss ab. Nahm mein Handy und rannte um die Hütte herum. Mich ließ er im Stockdunkeln einfach stehen. Ich hörte, wie er verzweifelt an den verschlossenen Fensterläden rüttelte.

„So ein verdammter Scheiß aber auch. Ich kenne die Hütte von früher. Hier haben wir als Kinder immer gespielt. Die war nie verschlossen." Wütend trat er gegen die Holzbank.

„Gib mein Handy mal her." Ich leuchtete zuerst auf den Betonboden unter der Holztür. Dann nach oben. Die Tür war mit einem schmalen Holzrahmen rundherum eingefasst. Ich streckte mich, so weit das mein runder Bauch zuließ, nach oben. Auf den Fußspitzen stehend, tastete ich mit meinen Fingerspitzen vorsichtig von links nach rechts an dem überstehenden Rahmen entlang. Ungefähr in der Mitte spürte ich etwas Schmales, Kühles auf dem Rahmen liegen. Mit Zeigefinger und Mittelfinger der rechten Hand griff ich behutsam nach dem kleinen Gegenstand. Lass ihn mir bloß nicht in den dunklen Laubboden fallen, dachte ich.

Sollten wir nach so viel Ärger tatsächlich auch einmal Glück haben? Gäbe es irgendwo da oben jemanden, der die Verteilung vornahm, dann wären wir, bitte schön, jetzt auch mal dran. Und nicht immer die anderen.

Ich hielt einen kleinen gezackten Schlüssel in der Hand.

„Das glaub ich jetzt nicht", schrie Jo vor Freude auf. „Gib ihn mir."

„Nein, das ist mein ganz persönlicher kleiner Erfolg an dem beschissenen Tag heute." Ich leuchtete mit dem immer schwächer werdenden Handylicht auf das Schloss. Drehte es hoch, sodass ich den Schlüssel in den unteren Schlitz einführen konnte. Drehte einmal nach rechts, und der Stahlbügel klappte weg. Der Rest war ein Kinderspiel.

Da es keinen Griff gab, drückte ich mit meiner Schulter gegen die Tür, die sich sofort nach innen öffnete. Ich leuchtete mit dem letzten Licht meines Handys in den einzigen Raum der Hütte hinein. Kein Lebewesen zu sehen, Gott sei Dank. Auf einem groben Holztisch stand eine rote, halb heruntergebrannte Kerze. Daneben lag ein Päckchen Streichhölzer.

„Und was ist jetzt?", hörte ich Jo von draußen ungeduldig rufen. „Warte gefälligst", gab ich zurück.

Ich steckte mit einem Streichholz die Kerze an. Sofort flackerte ein weiches Licht in der Hütte, die gänzlich aus Holz bestand. Die Wände und die Decke waren komplett mit hellen Nut- und Federbrettern verkleidet. Auf beiden Seiten des massiven Holztisches standen Holzbänke mit Rückenlehnen. In der linken Ecke neben dem Eingang stand ein schwarzer kleiner Werkstattofen. Daneben lag, sauber aufgeschichtet, ein Stapel trockener Holzscheite und ein Pack Zeitungspapier oben drauf.

Mir stiegen die Tränen in die Augen bei diesem Anblick. Ich wusste, heute Nacht würden wir nicht frieren müssen. Sanft strich ich über meine Kugel von Bauch. Dann ließ ich Jo herein, damit er sich um den Ofen kümmern konnte.

Obwohl dieser Mensch keine Ahnung vom Feuermachen hatte, gelang es ihm erstaunlich schnell, das Öfchen in Gang zu bringen. Wir stellten uns dicht davor und nach einer Weile tauten meine tauben Zehen wieder auf. Das tat sauweh, aber ich freute ich mich darüber. Auch mein Bauchbewohner zeigte boxend Zustimmung. Der hatte es vielleicht gut, das Muttertier sorgte ja immer für die richtige Temperatur. Die Wärme breitete sich aus, und während ich mich an den Tisch setzte, sah Jo sich um. Viel gab es ja nicht, aber unter einer der Bänke zog er eine metallene Kiste hervor. Er klappte sie auf und triumphierte.

„Was ist los?" „Offensichtlich hat sich hier jemand einen Rückzugsort eingerichtet. Mit Notvorrat." Er hielt zwei Konservendosen in die Höhe. „Ravioli oder Erbsensuppe?", fragte er grinsend.

Es gab sogar einen Dosenöffner, einen Teller und einen Löffel. Nachdem wir die Ravioli auf dem Ofen lauwarm gekriegt hatten, machte sich Jo einen Spaß daraus, mich zu füttern. „Ich muss doch schon mal üben, für das Baby."

Wir fanden auch zwei kratzige Decken, schafften es tatsächlich, den schweren Tisch nach vorn zu ziehen, und schoben die Bänke zu einem notdürftigen

Lager zusammen. Unsere Rucksäcke benutzten wir als Kissen. Das war allemal besser, als auf einem Baum zu liegen, und so fielen wir beide kurz nacheinander in tiefen Schlaf.

Am nächsten Morgen wachte ich auf und die Sonne schien mir mitten ins Gesicht. Gestern Nacht war es warm und trocken gewesen. Meine Füße hatten sich mal nicht angefühlt wie Eisklumpen und sogar satt waren wir gewesen. Meine Fresse, dass ich das noch mal erleben durfte! Wieder fiel mir ein Stück aus einem Song von Ton, Steine, Scherben ein. Irgendwas mit Winter, der vorbei war und Morgensonne. Und dass jemand hier war und frei, oder so ähnlich. Aber hier war niemand, verdammt noch mal! Wo war Jo? Der Platz neben mir war leer. Das war ja so klar gewesen, dass der mich jetzt auch noch sitzen ließ.

Die Erinnerungsfetzen an die gestrige Nacht verzogen sich wie Nebelschleier und ich merkte, dass es schon wieder lausig kalt geworden war. Von wegen, der Winter wär vorbei. Die dünne Decke über mir konnte die Kälte nicht abhalten, obwohl ich darunter alle Klamotten trug, die ich dabei hatte. Die stanken schon erbärmlich, eine Mischung aus nassem Hund und gammeligem Frittenfett. Ein Blick auf den Ofen zeigte mir, dass das Feuer erloschen war. Verdammter Mist! Allein in der kalten Einöde, das konnte nur mir passieren. Wohin war der Scheißkerl verschwunden?

Von draußen hörte ich Geräusche. Na bravo, bei meinem Pech kam jetzt wahrscheinlich auch noch der Förster, um mich rauszuschmeißen oder zu verhaften. Davon hatte ich in den letzten Tagen echt genug gehabt. Ein ums andere Mal war ein lautes „Rums" zu hören.

Ich wäre gerne aus dem Bett gesprungen, aber mein kugeliger Bauch ließ das schon lange nicht mehr zu. Ich hatte aufgehört zu zählen, in welcher Woche ich eigentlich war, aber der Bauch war inzwischen echt eine Plage. Das Kind da drin, das war in Ordnung, und wenn ich verdrängte, dass ich null Ahnung hatte, wie ich ein Baby großziehen sollte, dann freute ich mich sogar ein bisschen darauf.

Ich rappelte mich hoch und schlurfte zur Tür. Ein stechendes Ziehen durchfuhr mich. Au verdammt! Außerdem musste ich dringend aufs Klo. Verfluchter Mist, schwanger sein war echt kein Spaß. Durch einen Spalt lugte ich nach draußen. Da stand doch tatsächlich Jo und war am Holz hacken. Auweia, so ungeschickt wie der war, würde es mich nicht wundern, wenn er sich einen Arm oder einen Fuß abhackte. Und dann wären wir hier draußen ganz schön am Arsch. Zu allem Überfluss hatte es auch noch geschneit.

„Soll ich dir helfen?", fragte ich.

„Du bist ja schon wach! Das Holz drinnen war alle. Ich hab die Axt entdeckt und wollte ein bisschen Holz hacken, damit es wieder warm ist, bis du aufwachst. Willst du schon mal ein paar Scheite mitnehmen?"

Einladend schwang er das Werkzeug, gut, dass ich nicht zu nahe bei ihm stand.

Ich watschelte auf ihn zu. „Gib her."

„Kannst Du das überhaupt?"

„Klar, was dachtest du denn?" Ich nahm ihm die Axt aus der Hand, wollte schon Schwung holen, da war wieder dieses Ziehen in meinem Bauch. „Gib Ruhe, Balg!", schrie ich meinen Bauch an, musste aber einsehen, dass es mit Holzhacken heute wohl nichts mehr werden würde.

„Weißt Du eigentlich, was für ein Tag heute ist?", fragte Jo.

„Was soll schon für ein Tag sein? Ein Scheißtag!", blaffte ich zurück.

„Vielleicht, aber eigentlich ist heute Heiligabend." Jo grinste debil. „Guck mal, ich hab uns einen Weihnachtsbaum geschmückt." Er deutete auf eine kleine Tanne, nicht weit von der Hütte entfernt. Sie war ebenso verschneit wie alles andere und auf der Spitze thronte ein fünfzackiger Stern, aus kleinen Ästen, mit biegsamen Gräsern zusammengebunden. „Frohe Weihnachten!"

„Du kannst mich mal." Ich drehte mich um und ging in die Hütte zurück. Weihnachten. Das hatte mir gerade noch gefehlt!

In der Notvorratskiste fand ich löslichen Kaffee und eine Dose eingeschweißter Kekse. Es gelang uns, die leere Raviolidose notdürftig zu säubern und Kaffee mit geschmolzenem Schnee herzustellen. Wir

tranken Kaffee, der nach Tomatensoße schmeckte, und
aßen die Kekse. Jo griff nach seiner Gitarre.

„Wenn Du jetzt Weihnachtslieder spielst, dann dreh
ich dir den Hals um."

„Der Traum ist aus!", sang Jo stattdessen aus vollem
Hals. Er liebte die Scherben und die Texte von Rio
Reiser genauso wie ich. Im Lied wurde alles gegeben,
damit der Traum Wirklichkeit werden konnte.
Zusammen mit den Keksen fühlte sich das tatsächlich
mehr nach Weihnachten an als alles, was wir in der
letzten Zeit erlebt hatten. Wenn nicht das verdammte
Ziehen in meinem Bauch stärker geworden wäre.
In der wievielten Woche war ich doch gleich? Wenn
ich das wüsste! Vielleicht hätte ich doch mal zählen
sollen. Jo schmetterte irgendwas von der Zukunft des
Landes und ich solle ihm meine Hand geben, doch ich
hörte nicht richtig zu, weil mich die nächste Welle
durchfuhr. Verdammt noch mal, ich würde doch nicht
hier in dieser Hütte, wie Maria mit Josef auf dem Weg
nach Bethlehem, das Kind zur Welt bringen? Ich
merkte, wie sich mein Gesicht verzog, und unter-
drückte einen Schmerzensschrei. Ich bin keine
theatralische spießige Vorsorgemutter, dachte ich, und
dann trat das Kind wieder oder es drehte sich, oder
was immer. Ich konnte mich nicht mehr beherrschen
und schrie auf vor Schmerz.

Jo schaute mich entsetzt an.

„Was ist los mit dir? Is' was mit dem Baby?"

„Oh, Mann, Jo, geh' schon mal das Paradies suchen. Diese Wald-Herberge wird mir nicht mehr lange reichen." Jo sah mich an, als wäre ich eine Außerirdische.

„Was soll ich machen, was hast du gerade gesagt?" Keinen Zweck, jetzt noch mit Lyrics-Interpretation anzufangen.

In diesem Moment hörten wir Hundegebell. Jo ging zur Tür, an der von außen schon geschnüffelt wurde. „Auch das noch!", brummte er: „Besuch!" Das konnten nur der Förster oder die Bullen sein.

Als Jo dennoch beherzt die quietschende Holztür öffnete, schnupperte ein hellbrauner Hund an ihm. „Sie ist freundlich!", hörten wir eine weibliche Stimme aus einiger Entfernung rufen.

„Jo! Werden wir jetzt verhaftet von diesen Law-and-Order-Leuten? Oh, mein Gott, sag mir, was los ist!"

Jo antwortete nicht. Ich hörte Stimmen draußen, die sich unterhielten. Ich sah ein Pferd durch die schmutzige Fensterscheibe. Berittene Polizei? Oder war ich jetzt schon plemplem? Da durchjagte mich die nächste Welle. Ich gab auf. Sollten sie doch alle mit mir machen, was sie wollten. Das tat soo weh.

„Sucht man euch?", hörte ich eine Frau Jo fragen. Es klang nicht nach Polizei.

„Nein, wir wussten nur nicht mehr wohin, seit wir aus dem Dannenröder Forst weg sind und fort von diesem konsumgeilen Weihnachtsmist in der Stadt."

Die Frau mit braunem Kraushaarkopf war inzwischen in der Hütte und kam näher an meine karge Bettstatt.

„Hallo, ich bin Ulrike, die Tochter vom Förster." Sie sah mich und meinen runden Bauch prüfend an.

„Ach, du lieber Himmel! Wie viele Minuten liegen zwischen den Wehen? Sind sie regelmäßig?"

Ich schaute in ihre aufmerksamen Augen.

„Ich, ich weiß es nicht. Ich hab nicht aufgepasst", antwortete ich erschöpft und ein bisschen schuldbewusst. „Sind das echt die Wehen?"

„Ich würde sagen, ja! Und ich glaube, du bist schon verdammt weit." Ulrike schien zu überlegen.

„Ihr seid sicher, dass ihr nicht polizeilich gesucht werdet?" „Nein, äh, ja, wir sind sicher,", antwortete Jo „Hab' ich doch eben schon gesagt."

„Ja, ich weiß." Ihr Misstrauen schien nicht ganz verschwunden, aber vielleicht war ihr Mitgefühl bei meinem Anblick stärker. „Ich überlege, was wir jetzt am besten tun. Ich fürchte, es bleibt nicht viel Zeit. Und du, du willst sicher nicht hier in der Hütte Vater werden, oder?"

„Nee, eher nicht", kam es kleinlaut von Jo.

Ich merkte, wie Ulrike geschäftsmäßig wurde. „Gut", sagte sie zu ihm. Mit mir sprach offenbar niemand mehr.

„Also, meinen Vater lassen wir außen vor. Für den wär das hier gar nichts. Aber der ist sowieso bis kurz vor der Bescherung im Büro. Du, wie heißt du eigentlich?"

„Jo", sagte dieser.

„Also du, Jo, gibst mir jetzt zur Sicherheit deinen Personalausweis", kommandierte Ulrike. „Und dann passt du auf deine Freundin auf, o.k.? Ich bringe jetzt das Pferd zurück und komme mit dem Auto wieder. Wir wohnen keine fünfhundert Meter von hier, im Forsthaus."

„Du bringst mich ins Forsthaus?", meine Stimme sollte eigentlich fest klingen, aber es kam nur ein Kieksen heraus.

„Ja, bei uns ist es warm und trocken, und es gibt warmes Wasser. Dort warten wir auf die Ambulanz. Und vielleicht wartet das Baby, bis die Sanitäter da sind." Ulrike wandte sich zum Gehen. „Du zählst jetzt die Minuten zwischen den Wehen, ja?", rief sie noch, pfiff nach der Hündin und ritt davon.

Jo setzte sich auf die Kante meines provisorischen Betts, nahm meine Hand und schwieg. „Kannst du weitersingen, aber ganz leise? Das lenkt mich vielleicht ab", bat ich.
Jo sang. Von der Morgensonne und dem Paradies. Und dass Frieden herrschte und keiner Angst haben müsse. Da kam die nächste Welle. Ich hatte vergessen zu zählen.

Jo drückte meine Hand und sagte mit tonloser Stimme: „Wir kriegen das hin."

Ich merkte, dass er Angst hatte, seine Hand war schweißnass.

In diesem Moment hörten wir die Motorengeräusche eines SUVs. Irrsinniger CO_2-Ausstoß, schoss es mir durch den Kopf. Sollte mich jetzt etwa so ein Überflussgesellschafts-Auto retten?

Mir blieb keine Zeit mehr zum Nachdenken. Ulrike kam herein, hinter sich eine ältere Frau, die in großen Schritten näher kam. „Das ist meine Mutter", sagte Ulrike.

„Hallo!", rief sie. „Ulrike hat mir erzählt, was hier los ist. Ich glaub, ihr braucht Hilfe, oder?" Ich nickte.

„Keine Angst, ich habe schon mehrere Kinder zur Welt gebracht und die Ambulanz ist auch schon unterwegs." Ulrikes Mutters Krauskopf war grau. Ich glaube, ich schaute sie dankbar an. Irgendwie gelang es den dreien, mich auf den Rücksitz des SUVs zu hieven, bevor die nächste Wehe kam.

„Wie viele Minuten?", fragte Ulrike.

Ich zuckte mit den Schultern. Mir war der Schweiß ausgebrochen.

„Auch egal, wir sind gleich da."

Kurz darauf hielt das Auto an und ich wurde wieder rausgehievt. Wenig später lag ich auf einem Bett.

Ulrike wusch mein Gesicht ab. Sie zog mir meine schmutzigen Sachen aus. Für mehr war keine Zeit. Ihre Mutter kommandierte Jo ins Bad.

„Waschen Sie sich kurz und dann kommen sie wieder her, um ihrer Freundin zu helfen! Ist das klar?" So hatte ich noch nie jemanden mit Jo sprechen hören. Aber er beschwerte sich nicht. Ein paar Minuten später war er zurück.

„Wo bleibt bloß die Ambulanz?", hörte ich Ulrike fragen, und da kam die nächste Wehe. Ulrikes Mutter hatte mich inzwischen provisorisch untersucht: „Also, ich bin keine Hebamme", schloss sie, „aber ich würde sagen, dass Kind kommt noch vor den Sanitätern. Tief atmen, immer in den Bauch hinein", befahl sie mir. Ich versuchte, ihrem Befehl zu folgen und mich zu konzentrieren. War gar nicht so einfach, dahin zu atmen, wo der Scheiß-Schmerz herkam.

„Ja, so ist's gut", machte Ulrikes Mutter mir Mut. „Und Sie, junger Mann, setzen sich jetzt mal hinter Ihre Freundin, nehmen sie fest in die Arme, und atmen mit ihr mit, o.k.?"

Jo gehorchte. Ich spürte ihn in meinem Rücken. Egal, was sonst zwischen uns war und wie es weitergehen würde, er gab mir Halt. Ulrikes Mutter war irgendwie zwischen meinen Beinen zugange.

„Warum, warum macht ihr das?", brachte ich zwischen zwei Wehen heraus. „Was?", fragte Ulrike.

„Dass ihr uns helft, meint sie", ergänzte Jo knirschend. Ulrike lächelte: „Weihnachten ist doch das Fest der Nächstenliebe, oder? Das nehmen wir jetzt mal ernst!", antwortete sie. Ihre Mutter nickte.

„Ich bin übrigens Astrid!", sagte sie, und dann sah ich nur noch ihren grauen Krauskopf zwischen meinen Beinen. Im gleichen Moment durchfuhr ein Schmerz, von dem ich nicht wusste, dass es ihn geben konnte, meinen ganzen Körper.

„Ich sehe das Köpfchen! Nur Mut, mit der nächsten Wehe hast du es geschafft." Ohne zu denken, folgte ich Astrids Befehlen: pressen, nicht mehr pressen, flach atmen. Jo hielt mich fest. Für mich eine Ewigkeit, durchtost vom rasenden Schmerz, in Wirklichkeit dauerte es wahrscheinlich nur ein paar Minuten.

Und dann, dann war sie da.

Ulrikes Mutter legte mir ein kleines, rotes, klebriges Geschöpf auf den Bauch. Es machte komische Töne. „Ein gesundes Mädchen", sagte sie warmherzig und lächelte.

Jo sagte kein Wort. Ungläubig schaute er auf das Baby und dann auf mich.

„Willkommen", flüsterte ich und streichelte die winzigen Fingerchen. Das war Isa, unsere Tochter. Eine freundliche Hundezunge schleckte meinen nackten Fuß, der aus dem Bett ragte.

„Hoffentlich dauert es noch etwas, bis der Notarzt kommt", sagte Jo jetzt leise, und ich gab ihm Recht, brachte aber kein Wort über die Lippen.

Im selben Augenblick hörten wir das Tatütata des sich nähernden Ambulanzfahrzeugs.

Noch bevor es draußen klingelte, stieß jemand mit polternden Schritten die Zimmertür auf und blieb wie angewurzelt stehen. Das musste der Förster sein.

„Ist was, ist was pass... passiert?", fragte er mit tiefer Bass-Stimme.

„Ja", lächelte Astrid ihren Mann an: „Das Christkind ist ein Mädchen!"

Autorinnen und Autoren

Andrea Nesseldreher, Jahrgang 1973, wuchs in Solms (Mittelhessen) auf und war schon immer eine Leseratte. Während der Familienpause als Verwaltungsjuristin tauschte sie trockene Gesetzestexte gegen fröhliche Kinderbücher und erfüllte sich 2020 den Traum vom ersten eigenen Buch. Drei ihrer Kinderbücher sind bislang erschienen. Nebenbei ist sie als Stadtführerin in Wetzlar tätig, spielt Theater und singt. Mit den beiden Söhnen und ihrem Ehemann lebt sie in einem kunterbunten Haus und verbringt ihre Ferien am liebsten am Meer.

Reimund Bender, Jahrgang 1961, ist im Hauptberuf Förster und lebt mit seiner Frau im mittelhessischen Hohenahr. Er leitet seit Jahren zwei kreative Schreibgruppen in Lich und Wetzlar, mit denen er immer wieder Lesungen zu bestimmten Anlässen und Themen durchführt. Im Mittelpunkt seiner Autorentätigkeit stehen Geschichten mit Humor, Spannung und Regionalbezug. Derzeit schreibt er mit einer Co-Autorin an einem Roman.

Michael Krause-Blassl, Jahrgang 1954, lebt in Wetzlar (Mittelhessen), hat zwei erwachsene Kinder, ist verheiratet und seit 2020 pensionierter Grundschullehrer. Er schreibt seit seinem 16. Lebensjahr – Gedichte, Kurzgeschichten, Märchen, Romane. Bis jetzt veröffentlichte er zwei Romane, drei Märchen, einige Kurzgeschichten und viele Gedichte – (gedruckt oder als E-Book). An der VHS Wetzlar führt er Kurse im Kreativen Schreiben durch. Seit Herbst 2020 läuft seine Ausstellung „WOrte – (Fotos und Gedichte) im „Cafè Freiraum" im Wetzlarer Westend. Im Herbst wird die 2. Auflage seines Märchenbuchs „Ende und Anfang – Märchen aus der Zukunft" erscheinen. Wer ihn besuchen will, kann das gerne bei facebook oder auf seiner Seite www.wüstenvogel.de tun.

Beate Quilitzsch-Schuchmann, Jahrgang 1957, ist Agrarwissenschaftlerin, Journalistin und PR-Beraterin. Über dreissig Jahre war sie in der Internationalen Enwicklungszusammenarbeit in Afrika, Lateinamerika und Südostasien tätig und veröffentlichte Artikel, Fachtexte, Studien und Reportagen, Letztere insbesondere über Frauen. Derzeit arbeitet sie an der Fertigstellung ihres Debut-Romans. Sie hat zwei Töchter, vier Enkel und lebt mit ihrem Ehemann und einer lustigen Hündin in Braunfels (Mittelhessen). Das kreative Schreiben ist ihre Leidenschaft.

Karin Rinn, Jahrgang 1962, Lehrerin, Mutter, Oma, Politikerin, Hobby-Autorin, Schreibtrainerin, Buchrezensentin, Sängerin (wenn es die Zeit erlaubt).

Schreiben ist ein Ausgleich für ihre vielen Pflicht-Tätigkeiten, sie hat mit einem Roman begonnen, aber vielleicht wird er erst nach der Pensionierung fertig. Bisher hat sie hauptsächlich Sachtexte in verschiedenen Schriftenreihen, Zeitschriften, Kongressbänden und Blogs veröffentlicht; ihr Buch „Plädoyer für eine menschlichere Schule" (AOL-Verlag 2012) fand einige Beachtung. „Werthers Elend", ein E-Mail-Roman, entstand 2012 mit einer elften Klasse der Goetheschule Wetzlar und ist im Verlag Phantastische Bibliothek erschienen. Die Gruppe „Schreibzeit Braunfels" ist eine große Bereicherung für sie.